I0631075

Sidonia Hedwig Zäunemann

Die von denen Faunen gepeitschte Laster

Sidonia Hedwig Zäunemann

Die von denen Faunen gepeitschte Laster

ISBN/EAN: 9783337353582

Hergestellt in Europa, USA, Kanada, Australien, Japan

Cover: Foto ©Andreas Hilbeck / pixelio.de

Weitere Bücher finden Sie auf **www.hansebooks.com**

Vorrede.

Geehrter Leser!

Meine Muse, welche von dem siebenstuffigten Rohr
verschiedener Wald=Gøtter aus ihrem fast jøhrigen Schlaf
unverhoft erweckt worden, leget dir anjetzo eine ziemlich
starcke Satyre vor, und giebt dir zugleich das Recht, daróber
zu critisiren und zu richten.

Eine Satyre! wirst du sagen: Dieses ist ja ein solches Stóck,
das nicht allein viel Geschicklichkeit erfordert; sondern, was
noch mehr ist, nach aller angewandten Móhe und Fleiɩ, Haɩ
und Verdruɩ zum Lohn bekømmt. Du wirst meinen, ich
høtte lieber ein Lob=Gedichte abfassen, zørtlich, galant and
vortreflich schmeichlen, als einen kóhnen Satyr nachspielen
sollen.

Du hast recht, mein Leser! daɩ zu einer vernónftigen Satyre
viel Kunst erfordert wird. Dieses hat mich auch bisher von
solchen Arbeiten abgeschreckt. Allein wer nichts wagt und
versucht, der bleibt immer in seinem Irrthum, und lernet
nichts. Ich habe es dahero einmahl versuchen wollen, ob
meine Muse auch zu solchen Schriften geschickt sey. Ich
stelle sie also, wie Apelles seine Gemøhlde øffentlich der Welt

vor die Augen, und erwarte hieróber das Urtheil
vernónftiger und óchter Kenner der Poesie, um mich, wo ich
hier und da, oder allenthalben gefehlt, kónftig zu bessern,
und geschickter zu machen.

Es ist auch wahr, daí ein Lob=Gedicht sehr liebreich
aufgenommen wird; dahingegen eine Satyre, wenn sie auch
noch so schφn gerathen ist, dennoch nichts als
unfreundliche Gesichter nach sich zieht, und gleiches
Schicksal mit einem hellen Spiegel hat, der denen eitlen
Gesichtern ihre Flecken und Runzeln zeiget, und deíwegen
wohl nicht selten hinweg geworffen wird; obgleich die
Schuld nicht an ihm liegt, daí sich die heíliche Gestalt nicht
besser in ihm vorstellt, als sie wórcklich von Natur gebildet
ist.

Allein, ich habe bishero gelobt, ich habe geróhmt was zu
róhmen war. Nun muí ich auch in Strafen eine Probe
machen, und óber diejenigen Stócke einen Haí bezeigen, an
welchen zu allen Zeiten die tugendhafte Welt einen Abscheu
gehabt hat. Ja ich glaube, daí ich hierinnen, wo nicht
politischer doch tugendhafter handle, wenn ich eine Satyre
schreibe, die die Hδílichkeit der Laster zum Objekt hat; als
wenn ich ein falsches Lob Gedichte abfaíte, von welchem
man sagen kφnte, ich hδtte óber dessen Verfassung
nothwendig errφthen, und die Wahrheit manchen
Schwerd=Stich durch ihre Seele geben móssen.

Und was wilst du denn von mir mehr haben? Mein Leser!
ich lege dir ja in dieser einfachen Arbeit, ein gedoppeltes
Stóck, nemlich eine Satyre, da ich die Laster strafe; und ein
Lob=Gedichte, da ich die guten Sitten den Lastern entgegen
setze, und die Tugenden, nebst ihren Besitzern lobe und
erhebe, vor die Augen!

Ich tadle die Unarten der Menschen: Dencke also nicht Mein

Leser! daí ich von Personen schreiben und dieselben durchziehen, viel weniger mich an meinen Feinden oder Spφttern rδchen, und sie auf den Schau=Platz stellen werde. O nein! Spφttern und Feinden mache ich das Vergnógen nicht, ihren Thorheiten zu gefallen, eine niedertrδchtige und wieder die Religion und Philosophie streitende Seele anzunehmen, und den Character eines vernónftigen Satyrici hierdurch zu óberschreiten, welcher darinne besteht, daí man nicht Personen, oder natórliche Gebrechen, davor niemand als die Natur kan, sondern lasterhafte und strafbahre Handlungen, und solche wiederum nicht etwan auf eine unhφfliche, sondern auf eine óberzeugende, sinnreiche und beisende Art vorzustellen, und zu bestrafen bemóht ist. In wie weit ich dieses letztere getroffen, das werde ich zu meiner kónftigen Verbesserung von Kennern hφren, und mit dem grφíten Danck annehmen.

Ich habe demnach zum Object meiner Satyre nichts anderes als die im Schwang gehende Laster, und die unartigen Handlungen derer meisten Menschen genommen. Es sey ferne! daí ich von allen und jeden reden, und das ganze menschliche Geschlecht, wie man im Sprichwort sagt, in eine Bróhe werffen solte! O nein! der Acker dieser Welt trδgt auch noch guten Weizen, so hδufig auch das Unkraut darzwischen wδchst. Ich tadle nicht den Gebrauch verschiedener Sachen; sondern den Miíbrauch. Ich hδtte auch wie bekannt, von noch weit mehrern Lastern und Miíbróuchen schreiben kφnnen; allein die Zeit, und die Betróbnií óber den tφdtlichen Hintrit meiner seel. Frau Mutter hat mich davon abgehalten.

Die meisten Menschen, und sonderlich das Frauenzimmer, haben den óblen Gebrauch, daí die sich bey mósigen Stunden óber anderer Menschen von beyderley Geschlecht, φfters gar geringen Schwachheiten, Moden, Geberden,

Gebräuchen und Handlung aufhalten. Um nun solchen Menschen, und besonders meinem Geschlechte mich gleich zu stellen, und nur von ihnen keinen Vorwurff machen zu lassen; so will ich mich auch allhier ober andre Menschen, und zwar, damit kein Geschlecht zórnen darf, so wohl ober die Mannes=Personen, als ober das Frauenzimmer; doch nicht auf eine pφbelhafte, niederträchtige und kindische Art; sondern so viel mir mφglich, auf eine ernsthafte Weise, in nachstehenden Zeilen moquiren.

Betrachtest du also, Mein Leser! diese Schrift, und du bist tugendhaft, so wirst du mit meinen Gedancken obereinstimmen, und deíwegen keinen Haí und Zorn auf mich werfen. Bist du aber mit ein oder den andern Lastern behaftet, so zórne nicht ober mich. Was wilst du ober den Spiegel, der dir deine Flecken zeigt, und ober den Meister, der ihn geschliffen hat, bφse werden. Schäme dich deiner dir selbst gemachten Flecken, und werde ober deine muthwillige Unarten bφse.

Du kanst dich an mir nicht besser davor rächen, als wenn du deine Thorheiten ablegest und dich besserst, und mir hernach, wie diejenigen, die warhaft tugendhaft sind, gewogen wirst und bleibst, als warum ich dich und alle Menschen freundlich ersuche.

Die von denen Faunen gepeitschte Laster von Sidonia Hedwig Zäunemann

Auf einmahl reget sich der fast erstickte Trieb;
Das, was ich sonst gescheut, gewinn ich jetzo lieb;
Das, was ich bloí aus Furcht, es mφchte nicht gelingen,

13

Biſher zuróck gesetzt, das will ich jetzo singen.
Caliope! dein Rohr, dein sanftes Sayten=Spiel,
Das mich bezaubert hielt, und Gφttern wohlgefiel,
Mag dort im Winkel ruhn: ein Satyr lδſt sich spóhren.
Der soll an deiner statt mich auf den Pindus fóhren.
Ihr Gφtter! die ihr sonst so graí und heílich seyd;
Vor deren Gegenwart das Frauen=Volck sich scheut,
Und schóchtern lauft und flieht, als ob ein Mφrder kδme,
Der ihnen mit Gewalt Kranz, Schmuck und Leben nδhme.
Ihr seyd jetzt meine Lust und liebstes Augenmerk.
Hier habt ihr meine Hand, kommt! fóhrt mich auf den Berg,
Wo Phφbus und sein Volk im Lorbeer-Walde tanzen.
Kommt! lasset mich durch euch mein Glóck bey ihnen
pflanzen.
Sezt eure Fósse nett, und laít mich heute sehn,
Ob ihr so kónstlich springt, wie ehemahls geschehn.
Spielt nur so gut ihr kφnnt, auf Pfeiffen oder Flφthen.
Ihr dórft, weil ihr schon roth, euch nicht dabey errφhten.
Auf! macht mir eine Lust! und auch dem Musen=Fórst;
Und singt der Welt zu Trutz, die schon die Zδhne knirst.

Au! Weh! was seh ich dort? Mein Wahn hat nicht gelogen,
Ein grau Gewitter kφmmt mit Blitz und Knall gezogen.
Die Luft verfinstert sich, die Sonne bóít den Schein,
Die Erde den Gesang der Luft-Sirenen ein.
Das Vieh lauft hin und her, es schreyt, es bebt, es zittert,
Es suchet Zweig und Schutz, dieweils so grausam wittert.
Die Erde bebt und kracht; die Berge wancken fast,
Und machen sich zum Fall mit ihrer Pracht gefaít.
Die Donner rollen fort, und bróllen aus dermasen,
Als wolten sie der Welt zum Untergange blasen.
Nun borst die Wolk entzwey, und lδít auf einmahl loí,
Was sie mit harten Zwang biſher in ihren Schooí
Und Leib getragen hat; wodurch es leyder! kommen,
Daí Donner, Blitz und Furcht den Erdkreií eingenommen.

14

Was aber fôllt denn wohl aus Wolk und Luft herab?
Wie? ists ein góldner Thau den dorten Hammon gab?
Sinds Fische, die sich hier in dieser Fluth bewegen?
Es ist ja, wie mich dónkt kein schlecht, gemeiner Regen.
Solls Ungeziefer seyn, das Feld und Wald vergift,
Und Schaden und Verderb auf Berg und Wiesen stift?

So ists: jedoch weit mehr: es ist ein Menschen=Regen.
Komm Pluto! komm und sieh! o welch ein schφner Seegen!
Empfande Jupiter Angst, Schmerzen, Quaal und Noth,
Als seine Stirn erhitzt, und als ein Feuer roth,
Und aufgeblasen war, eh Pallas raus gesprungen;
Was Wunder, wenn dieſ Heer die Wolke so gedrungen,
Und ihr so grosse Quaal und Unruh hat gemacht,
Biſ sie durch Knall und Blitz dieſ Unheil fort gebracht.
Wer muſ ihr Anherr seyn? wie sind sie denn gestaltet?
Wie der, so Phrygien bey góldner Zeit verwaltet.
Nicht anders; Midas muſ ihr Aelter=Vater seyn.
An Ohren sieht mans ja; die Werke stimmen ein.
Ein Volk, das an Verstand den schwachen Kindern gleichet.
An Boſheit aber kaum dem Teufel selber weichet.
Dieſ Volk bedeckt die Welt; der Bart womit es prangt,
Zeigt gnug, wie viel es schon an Kraft und Stôrk erlangt.
Ja Krôfte in der Faust; nicht aber im Gehirne,
Mit Runzeln wôchst zugleich die Boſheit in der Stirne.

Steig alter Midas! steig! aus deiner schwarzen Gruft,
Hφr! wie dein edles Volk so sehnlich nach dir ruft,
Vernimm wie treu es dich auch nach dem Tode liebet,
Und deinen weisen Spruch noch tôglich von sich giebet.
Sieh! wie sich dein Geschlecht so wunderbar vermehrt,
Wie hoch es dich erhebt, wie sehr es dich verehrt.
Dieſ dein erhitztes Volk verbietet den Poeten,
Daſ sie auf ihren Rohr und nettgestimmten Flφthen
Nichts singen, das nach Kunst und Sitten=Lehre schmeckt,

15

Und wie Apollo dort der Gφtter Gunst erweckt.
Die Warheit will man nicht in ihren Schriften dulden,
Man straft und richtet sie ohn billiges Verschulden.
O wundert euch mit mir! daſ viel so sinnreich sind,
Und in den Schφppen=Stuhl der Advocaten Wind
Und ihren Spφtter=Kiel, den Gegner zu beschimpfen,
Die Fehler der Persohn, das Mund= und Nase=Rómpfen,
Gang, Kleidung, Jugend=Lust, und was dergleichen mehr,
Mit ganz gelassenen und frφhlichen Gehφr,
Und lδchlender Gestalt so klug vertragen kφnnen.
Sie leiden ohne Scheu daſ zwey zusammen rennen;
Und wenn auch der Client aus Wehmuth und Verdruſ,
Wohl zwanzig Bogen mehr als sonsten zahlen muſ.
Dieſ ist noch nicht genug; es wundere sich ein jeder,
Wenn das erhitzte Blut auf Schulen und Catheder
Sich unbescheiden zankt, und von dem Hauptzweck geht,
Aus Neid und Tadelsucht den Gegner beiſend schmδht,
So hφrt man munter zu, und lδſt sich unbekómmert.
Schreibt aber ein Poet, wie sich die Welt verschlimmert,
Und wie das Laster wδchst, so sieht man scheel darzu,
Und lδſt aus tollen Neid dem Dichter keine Ruh
Ob Orthodoxen schon sich auf den Schau=Platz stellen,
Und durch den scharfen Kiel die Feinde glócklich fφllen,
Wie mancher Philosoph, wie mancher Moralist,
In dem ein reines Feuer, Verstand und Weiſheit ist,
Hat von der Sitten=Kunst satyrisch gnug geschrieben,
Und dennoch sind sie stets in Ruh und Fried geblieben.
In Prosa fluchet man der Sitten=Lehre nicht;
Die arme Poesie wird ohn Verhφr gericht.
Ein Redner, ein Poet steht in gelehrten Orden,
Und beyde sind schon lδngst zu Moralisten worden.
Ein jeder ehrt und liebt die Regeln der Natur;
Ein jeder folget ja der Tugend Licht und Spuhr,
Und zeigt die Laster=Bahn, und sucht der Welt zu nótzen.
Allein der Dichter kan fast niemahls ruhig sitzen.

Zu dieser tollen Art und frecher Seltenheit,
Giebt der belebte Reim wohl nicht Gelegenheit;
Nein, sondern die Vernunft ist noch nicht ausgeheitert,
Weil sich der Weiſheit Licht in ihnen nicht erweitert,
Weil sie die Tugend nie in ihrem Glanz erkannt;
Weil sie die meiste Zeit auf Trug und List verwandt;
Weil ihres Vaters Geist auf ihnen zweyfach lieget,
Ich meine, Midas Sinn, der sie so hoch vergnóget;
Ja seines Hauptes Schmuck, den sie zugleich geerbt,
Hat dieses Volkes Geist verfinstert und verderbt.
Da nun so Herz als Sinn und Ohr und Mund verdorben,
Und Tugend und Vernunft in ihrer Brust erstorben,
Was Wunder? daſ dieſ Volk Satyren haſt und scheut,
Und deiner Sitten=Lehr mit Fluch und Grimme drðut.
O! daſ doch Knall und Blitz dieſ Volck herab gesendet,
Das Klugheit und Vernunft in Dichter=Schriften schðndet!

Wo ist die alte Zeit, in der die Dichtungs=Kunst,
Von grossen Kφnigen, mit hoher Huld und Gunst
Und Preiſ belohnet ward? Die Tage sind verschwunden,
Da man auch Dichter noch am Kayser=Tisch gefunden.
Augustus blieb ein Held der alle Welt bezwang,
Obgleich Virgilius an seiner Tafel sang.
Ward auch die Majestðt durch diese That verletzet?
Weil er die Dichterkunst vor andern hoch geschðtzet.
Des Nero Grausamkeit lφscht doch den Ruhm nicht aus,
Daſ er in seiner Brust ein wórdig Musen=Haus
Bey seinen Thron erbaut. O! kðm die Zeit zurócke,
Da Barbarossens Hof, so Gnaden=volle Blicke
Den Dichtern zugewandt! die von der Helden Schweiſ,
Von ihren Lφwen=Muth, Geschicklichkeit und Fleiſ,
Wenn sie vor Staat und Reich, so treu sie nur vermochten,
Gerahten und gesorgt, mit Arm und Schwerd gefochten,
Gesungen und erzehlt: damit die neue Welt
Davon ein Beyspiel nðhm, der kein Poet gefðllt.

Wo bleibt jetzt Carolus der Eilfte der Franzosen?
Der selbst durch diese Kunst mit schønen Ehren=Rosen
Die Dichter óberstimmt. Alfondus Kron und Macht,
Der England Seegen gab, erhebet ihre Pracht,
Und singt und spielet selbst. Wðr Carl (a) noch jetzt auf
Erden,
So wórd auf seinem Wink manch Lied gesungen werden.
Ihr nahmt der Dichter Glóck und Preií mit euch ins Grab.
Bey eures Scepters Rest liegt unser Ehren=Stab
Vergraben und verdeckt. O! kønntet ihr erwachen,
Und uns, wie Reich und Volk beglóckt und herrlich machen!
Wo sind die Damen hin die Barbaros gekannt,
Die man mit Fug und Recht der Fórsten Zier genannt?
Verehrte nicht ihr Ohr geschickte Helden Lieder?
In welchen der Poet des Tapfern Herculs Bróder,
(Die Prinzen, die im Feld ein blutges Leder=Kleid,
Ein todt gehaunes Roí und Wahlstadt nicht gescheut;
Die Fórsten, die ihr Volk mit Billigkeit regieret,
Und mit Gerechtigkeit und Huld den Stab gefóhret,)
Der Ewigkeit geweyht, zum Beyspiel vorgestellt,
Und angepriesen hat. O! møchtet ihr die Welt
Mit eurer dunkeln Gruft, ihr Damen! jetzt vertauschen,
An manches Fórsten Hoí und Prinzens Kammer lauschen!
Ihr wórdet Wunder sehn, wie man der Dichtkunst spott,
Und ihr Gedðchtnií fast aus Geist und Seele rott.
Wo fragen Damen jetzt nach alter Prinzen Thaten,
Ob auch ihr Regiment, und Feldzug wohl gerathen?
Homerus Helden=Lied weicht jetzt dem schnøden Reim
In dem Secundens Kiel der Liebe Honigseim
Natórlich abgemahlt. Banisens Flucht und Lieben
Ergøtzt jetzt mehr als das, was Seneca geschrieben.

So giengs vor Zeiten nicht. Witz und Geschickligkeit
War damahls wie man weií, der Dame schønstes Kleid
Und grøster Ehren=Schmuck; Tholusa lðít uns lesen,

Wie edel ihr Verstand, und Urtheils=Kraft gewesen.
Der Aquitaner Volk war, wie gesagt, auf Ehr
Und Ruhm und Glanz bedacht; und suchte nichts so sehr,
Als sich durch Tapferkeit und Weißheit aufzuschwingen,
Und in die Ewigkeit vor andern einzudringen.

Die Alleredelsten und Grøsten an Vernunft,
Verbanden sich daher und schlossen eine Zunft,
Worbey der Vorsatz war, die Thaten ihrer Helden
In Liedern schøner Art der Ewigkeit zu melden.
Wer sich von ihren Volk auch sonst hervor gethan;
Wer im Turnier gesiegt und auf der Ehren=Bahn
Den høchsten Preiß erkåmpft; dem pflegten sie in Schriften
Ein Denckmaal seines Ruhms auf gleiche Art zu stiften.
Ja wer sich um das Reich und Volk verdient gemacht,
Wer vor des Landes Ruh, der Bórger Wohl gewacht,
Dem suchte ihre Hand in herrlichen Gedichten
Ein køstlich Ehren=Maal und Lob=Lied aufzurichten.
Ein jeder dieser Zunft versuchte voll Bemóhn,
Durch ein geschicktes Lied den Preiß an sich zu ziehn,
Warum? sie wehlten sich, wer møchte nicht gewinnen?
Das holde Frauenvolk zu ihren Richterinnen.
Da war der Damen Geist mit Weißheit ausgeschmóckt;
Da ward der Preiß durch sie dem Wórdigsten geschickt,
Der sich in Kunst und Fleiß vor andern angegriffen,
Und am geschicktesten auf Blat und Rohr gepfiffen.
Der Damen kluger Geist sah reif= und weißlich ein
Daß Dichter rechter Art nicht blose Schwåtzer seyn;
Ihr Sinn forscht weiter nach, und straft mit Witz die Laster,
Erhebt die Tugenden, und zeigt wie man aufs Pflaster
Des Wohlstands treten soll; wie man die Seele nehrt,
Und sich durch Wissenschaft und Fleiß vom Pøbel kehrt;
Wie man das høchste Gut der Seelen=Ruh erlanget,
Und durch den Ehren=Kranz am Sternen=Himmel pranget;
Wie man, wenn andre hier im Welt=Getøse sind,

Dort in der Einsamkeit die grøſte Anmuth findt.

Wer kan uns wohl anjetzt viel kluge Damen nennen,
Die von der Poesie ein Urtheil føllen kønnen?
Ach leyder! ist bekant, daſ man jetzt wenig findt,
Die von so hohen Geist, als wohl von Herkunft sind.
Warum? Die Zðrtlichkeit lðſt sich zu nichts mehr zwingen;
Was thun die Hðnde mehr als daſ sie Knøtgen schlingen.
Die Feder wird gewiſ, so leicht nicht angesetzt;
Wenn nicht ein Liebes=Brief zuvor das Aug ergøtzt,
Den Geist entzóndet hat; wer wolte sonst was schreiben;
Man kan sich schon die Zeit auf andre Art vertreiben.
Ein lustig Karten=Spiel vergnógt die Brust weit mehr,
Als wenn man Tag und Nacht in Bóchern fleiſig wðr;
Ja steht auch dieſ nicht an, das Móthgen abzukóhlen,
So lðſt man nur im Bret und auf der Dame spielen.
O! solten wir den Preiſ jetzt von den Damen sehn,
Wie wórd es doch so kahl um Sieg und Vorzug stehn?

Zwar kan ein Dichter noch zuweilen dieſ geniessen,
Daſ Augen voller Gnad auf seine Blðtter schiessen;
Allein er nehme sich mit seinen Kiel in acht,
Denn wer nicht schmeicheln kan, wird billig ausgelacht.
Der Lea must er nur die schønsten Augen geben,
Und Ahitophels Rath als Jethro Spruch erheben.
Er tadle Nathans Wort, daſ er so frey geredt,
Und seinem Kønige voll Glanz und Majestðt
Nichts nachgesehen hat. Wo wird nach Bórger Sitten,
Der grossen Fórsten Lust und Handlung zugeschnitten?
Dem Ahab leg er ja die klógste Einsicht bey,
Daſ nichts als Billigkeit in seinem Urtheil sey;
Die Flecken such er fein mit Farben zu bestreichen,
Und eine Jesabel der Sara zu vergleichen.
Er schmócke alles schøn, und was ein Joab schaft,
Das nenn er fromm und treu, gerecht und tugendhaft.

Er darf sich nicht darbey gewissenhaft Geberden,
Vielweniger beschȏmt vor einer Lȏge werden.
Hȏllt er dieſ alles nun in nette Kleidung ein,
So kan das Wiedergelt ein Gnaden=Blickgen seyn.
Doch nur allein vors Blat; sonst hat er nichts zu hoffen.
Zwey Menschen steht ein Weg zu gleichen Schicksaal offen;
Doch suchen sie umsonst: Ein Dichter und Chymist,
Weil einer so ein Narr als wie der andre ist.

Die Dichtkunst bleibt nicht nur ein Stief=Kind stets vom
Glȏcke,
Ihr Lohn sind noch darzu der Miſgunst Feuer=Blicke,
Absonderlich wenn sich das Frauen=Volk bemȏht,
Und nach der Musen Art die Sayten kȏnstlich zieht.
Da sieht man Haſ und Neid sich auf den Schau=Platz
stellen;
Sie borgen von dem Hund das ungezȏhmte Bellen;
Sie knirschen mit dem Mund wenn unsre Lorbeer blȏhn,
Und suchen uns den Ruhm durch Lȏstern zu entziehn.
Der Ehre stoltzes Schif wird als vom Wind bestȏrmet,
Mit giftgen Schaum umringt, von Wellen aufgethȏrmet,
Um seinen schnellen Lauf nur Einhalt bald zu thun.
Ihr Toben lȏſt sie nicht bey unsern Siegen ruhn.
Der Neid, das Ungeheur das sich doch selber quȏlen
Und endlich fressen muſ, wohnt in so vielen Seelen,
Die toben wider uns, wenn irgend unser Geist,
Ein Philosophisches und Dichter=Feuer weist.
Ihr dummer Hochmuth meint, wir dȏrften mehr nicht lesen,
Als nur wer Ismael und Moses Weib gewesen,
Wie dort Rebeccens Hand mit Isaacs Baarte scherzt,
Wie Hiob allen Hohn von seiner Frau verschmerzt.
Des Salomonis Spruch und Syrachs Sitten=Leben
Wȏr uns, nur Seneca und Plato nicht gegeben.
Blieb uns Sanct Paulus nur bekannt und offenbar,
So wȏr es schon genug: Uns gienge Pallas Schaar

Und Phφbus gar nichts an. Wir hðtten gnug zu singen,
Die zarten Kindergen in Schlaf und Ruh zu bringen.
Zwirn, Nadel, Flachs und Garn, die Kóche und der Heerd
Wðr nur vor uns bestimmt; nicht aber Kiel und Schwerd.
Der Mðnner Eigenthum sey Feder, Buch und Waffen;
Nur ihnen wðr allein ein Lφwen=Herz erschaffen.
Gar recht! ihr bróllt zu Haus so arg als Lφw und Bðr.
Wie feurig, wie ergrimmt lauft ihr oft hin und her?
Ihr meint die Tapferkeit sey euch nur angebohren.
Ihr habt so manchem Glaí, o That! den Tod geschworen.
Ihr nennet euch beherzt; ihr kðmpftet ritterlich;
Ich widerspreche nicht, denn dieses zeiget sich
Im Krieg, wo Cypripor der Venus Feldherr worden.
Ihr sagt: Die Wissenschaft wðr nur dem Mðnner=Orden
Vom Schφpfer zugedacht: Ihr móstet nur allein
Beherrscher óber Buch, und Kunst und Federn seyn.

Was vor ein toller Wurm hat euren Kopf durchfressen,
Daí ihr euch nur allein dieí Recht sucht beyzumessen?
Der Schφpfer hat uns ja mit gleichen Geist bedacht,
Und gleiche Seelen=Kraft und Triebe beygebracht.
Wie solten wir denn nun dieí theure Pfand und Gaben
Um euren Eigensinn zu folgen, gar vergraben?
So wahr Minerva lebt! so soll es nicht geschehn,
Daí wir auf euer Wort der Musen Dienst verschmðhn.
Jemehr die Miígunst raít, und wider uns sich setzet;
Jemehr der Neid auf uns ergrimmt die Zðhne wetzet;
Jemehr das Mannes=Volk aus toller Eifersucht
Auf unsre Wissenschaft, Kunst, Fleií und Feder flucht,
Jemehr soll unser Geist das Chor der Musen lieben,
Jemehr wird untersucht, je mehr wird aufgeschrieben.
Wir sind dem Palm=Baum gleich, der sich gen Himmel
schwingt,
Jemehr man Druck und Last auf seine Zweige bringt.

Ein kluges Weibes=Bild das auf was hohes sinnet,
Buch, Kiel und Rohr ergreift,und Phφbum lieb gewinnet;
Der Warheit Grund erforscht; den Geist in Schriften óbt,
Stellt bey dem ersten Kuί, den ihr Apollo giebt,
Sich gleich die Eifersucht, die Miίgunst und das Schmδhen
Der dummen Mδnner fór. Wer dieses nicht will sehen,
Wer dieί nicht leiden kan, der lege nur bey Zeit,
Die Lust zur Wissenschaft, Buch, Kiel und Rohr beyseit.
Der Haί wird gleich erweckt so bald die Flφthen klingen,
Und wir nach Musen Art mit unsern Lippen singen.

Wie oftmals hab ich nicht aus Unmuth und Verdruί,
Weil man so viel Geplδrr und Narrheit hφren muί,
Manch schφnes Tage=Werck in tausend Stóck zerrissen,
Und Phφbens Lauten=Spiel in Winkel hingeschmissen.
Nur neulich nahm mich noch der feste Vorsatz ein,
Ein Feind der Poesie biί in die Gruft zu seyn.
Allein der jδhe Schluί ward bald zuróck getrieben;
Wie kφnt ich das verschmδhn, was kluge Leute lieben?
Man schweige gδnzlich still; man tadle Midas Sohn,
Man lobe Mavors Kind, man findet gleichen Lohn.
Man mag die Tugend schφn, die Laster heίlich schelten,
Der Danck ist einerley; wir móssens doch entgelten.
Wer Tugend und Vernunft an allen Menschen liebt;
Die Weiίheit ehrt und schδtzt, der Warheit Beyfall giebt,
Sich niemahls scheel dazu, wenn man Satyrisch dichtet,
Und auf die óble Zucht die schδrfste Hechel richtet.
Ist jemand Nabals Art, an Geld und Boίheit reich,
Der bleibet doch verstockt es gilt ihm alles gleich.
Kan ich die Narren nicht durch sanfte Lieder róhren,
Ey! So versuch ichs jetzt durch beissende Satyren!
Der Vorsatz ist gefaίt, die Flφthe ist gestimmt;
Was frag ich nach dem Neid, der sich schon windt und
krómt.
Ich singe von der Welt und von verderbten Sitten:

Mein Satyr hat sich schon ein neues Rohr geschnitten.

* * *

Da noch die Erde stund; die Sonn im Cirkel lief;
Da man den tapfersten zum Regiment berief;
Da Helden aus der Schlacht durch ihre Kunst im Siegen,
Den hφchsten Fórsten=Stuhl, und Kφnigs=Thron bestiegen;
Da man den Adel nicht nach sechzehn Ahnen maí,
Und den nur adlich hieí der Tugenden besaí,
Der sich nur durch sich selbst Glanz, Ehr und Ruhm
erworben,
Dem Vaterland zu Nutz gelebt und auch gestorben.
Da man den Wórdigsten zum Landes=Vater nahm,
Ob er schon nicht vom Blut gekrφnter Prinzen kam;
Da man aus Liebe nur zu solcher Zeit die Brδute,
Nicht aber nach Geburt und Tonnen Goldes freyte;
Da mancher Fórst im Thor und im Gerichte saí,
Die Klagen selbst vernahm, und erst das Urteil laí
Eh er es unterschrieb; da Fórsten das genossen,
Was sie durch Fleií gezeugt, und durch die Faust
geschossen,
Da eine Gasterey aus Honig, Wein und Bier,
Aus einem guten Kalb, nebst einem fetten Stier
Und Kuchenwerck bestund; da man noch Fórsten Frauen
Bey ihrer Mδgde Fleií und Arbeit konte schauen;
Da man wie Jacob dort wohl ganzer vierzehn Jahr
Um eine Braut gedient, die schφn und hδuílich war.
Da man mit Eyden nicht als wie mit Blumen spielte;
Und was man zugesagt, bey Treu und Glauben hielte;
Da noch die Tapferkeit in Thiere Hδute kroch,
Und man im Felde nicht nach Mehl und Biesam roch;
Da man ein schlechtes Kleid statt seidner Stofe fóhrte,
Und ein gestickter Rock nur Kφnigs=Kinder zierte,
Da war noch gute Zeit; da blóhte Volk und Staat;

Da fand der Landmann Trost; da fand der Bórger Rath,
Und jeder Schutz und Recht; da dórfte man nicht klagen,
Daí die Gerechtigkeit zu Grabe sey getragen.
Kein Reicher ward geprest, kein Landmann arm gemacht,
Die Waysen wurden nicht um Geld und Guth gebracht.
Da gieng die Redlichkeit durchaus in vollem Schwange?
Weil Mein und Dein noch nicht die nδchsten Freunde
drange.
Da ward der Eltern Schweií nicht freventlich verpraít;
Verschwendung war so sehr als wie der Geitz verhaít;
Da pflegte man sich noch in reine Keuschheits=Seiden,
Und nicht in Wollusts=Schmuck und Hoffart einzukleiden.
Ein jeder hatte sich nach seinem Stand geschmóckt.

Da aber nach der Zeit der Thier=Kreií sich verróckt,
Und ein Copernicus den Erd=Ball umgedrehet,
Daí nun derselbe lauft, die Sonne stille stehet;
So hólt die Tugend auch im Lauf gar φfters ein,
Es scheint der Menschen Thun ganz umgekehrt zu seyn.
Jetzt zeigt die Demuth nicht die schφnen alten Proben.
Die Sitten sind verderbt, wer will die Zeiten loben?

* * *

Der Seelen Wandelung wird niemand Glauben geben.
Warum? Wir wissen jetzt von einem andern Leben.
Inzwischen sieht man doch daí Ahabs schnφder Geist,
Mit samt der Jesabel sich noch auf Erden weist.
Ich dδcht, es sδsse ja dort am Regierungs=Ruder
So mancher ungerecht und bφser Ahabs Bruder,
Der nach des Nδchsten Haus, Gut, Feld und Garten tracht,
Und tδglich sorgt und sinnt, wie er es klóglich macht,
Daí er durch armen Schweií mit einem Schein der Rechte
Sein Haus noch grφsser bau, sein Gut verstórken mφchte.
Hier dórst er geitziglich nach einem Reben-Berg;
Dort nach dem schφnen Stóck von Feld und Gartenwerk.

Hier macht er auch so gar nach Hunden, Vieh und Pferden
Die eigennótzigsten und grðulichsten Geberden.
Da fðllt ihm wiederum der Vøgel Stimm und Zier,
Hier Flinten und Gewehr zum Augenmerke fór.
Kurz, was er hørt und sieht, das will und muí er haben,
Und solt er sichtbarlich damit zur Hølle traben.
Sein Geitz und Eigennutz, sein Neid, Stolz und Betrug
Macht den verruchten Geist durch krumme Rðnke klug;
Doch weil ein bøser Geist die Einsamkeit verfluchet,
Und sieben Størkre noch zur treuen Freundschaft suchet.
So wehlt er sich zum Trost, zum Rath und Hólf=Gesell
Der Tugend Mørderin, die freche Jesabel.
Da muí die Themis fort; das Recht wird unterdrócket;
Und auf des Nðchsten Halí der Boíheit Schwerd gezócket;
Da wird des Bórgers Gut um Spott=Geld feil gemacht;
Da heisst: verkaufs doch dem, der Strafe, Recht und Macht
In seinen Hðnden hat; er kan euch wieder schaden,
O! setzt euch doch vielmehr bey ihm in Gunst und Gnaden.
Spricht denn der arme Mann: Der Reiche hat sein Brod,
Dieí aber dienet mir zu meiner Leibes=Noth;
Dieí ist das einzige, woran ich mich erfreue;
Sein Haus ist groí genug zur Wohnung, Stall und Streue.
Mein Hðusgen ist zwar schlecht, doch liegt es mir bequem,
Weil ich von diesem Ort die meiste Nahrung nehm,
Drum ist es mir nicht feil. Da lodert denn das Feuer
Aus seiner Asch herfór; da tobt das Ungeheuer,
Da raít die Høllen=Brut, und saget ohne Scheu:
Daí dieí ein troziger und bøser Bórger sey.
Da krðnkt, da dróckt man ihn, daí er sich soll vergehen,
Da sucht man Sylb und Wort mit Vorsatz zu verdrehen.
Da bórdet man ihm auf, er hab der Obrigkeit
Geflucht, und ihr mit GOtt und seinem Zorn gedrðut.
Da heisst, man straf ihn nur an Leib und Gut und Ehre,
Und wenns auch wider GOtt und alle Rechte wðre.
Die Warheit wird verlacht, die Unschuld ausgehøhnt,

Und die Gerechtigkeit mit Schimpf und Spott gekrønt.
Das Evangelium mag hin und her gebiethen,
So sucht doch Jesabel und Ahab fort zu wóthen.
Da wird der arme Mann mit List, Gewalt und Macht
Um Haus und Feld und Vieh, und was er hat, gebracht.

Heist dieſ das Richter=Amt an GOttes statt verwalten?
Heist diſ den Unterthan bey Freyheit zu erhalten?
Es sollen Vðter seyn, durch die sich jeder nehrt;
Ja Rðuber, deren Wuth der Armen Schweiſ verzehrt.

Wenn edle Geister sich durch Pulver oder Schriften,
Durch Groſmuth, Fleiſ und Witz ein ewig Denkmaal stiften:
So wónscht ihr auch ein Maal damit man von euch spricht.
Doch weil euch Geist, Vernunft und Trieb darzu gebricht,
Weil euch der Weg zu schwer; so tragen Ahabs Hðnde
Des Nahmens schnφden Ruf biſ an der Erden Ende.
O Ruf! O Nahmens=Maal! das zwar nicht untersinkt;
Das aber nur nach Schand und nach der Hφlle stinkt.
O Ruf! der euch ein Maal, ein Brandmaal ins Gewissen
Und Schandfleck ins Gesicht geritzet und gebissen.
So tobt, so raſt die Welt, so stirbet die Vernunft;
So lebt die Laster=Brut; so blóht der Thoren Zunft.

* * *

Ach! die Gerechtigkeit steht in verhaſten Orden,
Und ist jetzt leider! fast zur Exulantin worden.
Die Boſheit und der Geitz, der Laster schnaubend Heer
Treib sie aus ihrem Reich; und klagt sie noch so sehr,
So sind die Ohren taub. Mit ihren frommen Minen,
Muſ sie der tollen Welt zum Hohn=Gelðchter dienen.
Wie jðmmerlich siehts doch um ihr geheiligt Haus,
Um ihren Richterstuhl und Schwerd und Wage aus.

Den Brief, den der Prophet am Himmel sahe fliegen,

Nach welchem Diebstahl, Mord, und Meineid und Betrógen
Vor from gesprochen ward, der ist anjetzt das Geld,
Wodurch man Frǫmmigkeit und alles Recht erhǫlt.
Geld hat schon hier und da die Oberhand genommen;
Nur durch der Berge Mark kan man zum Rechte kommen;
Durchbrich das Mauerwerk und stiehl wie Nickel List.
Wenn du nur Reich an Raub und alten Thalern bist,
So fórchte dich nur nicht vor Bande, Strick und Ketten,
Geld kan vom Staupenschlag, ja gar vom Galgen retten.
Und bist du wieder loí, so stiehl behertzt aufs neu,
Gedencke, daí dieí Gut vor bǫse Richter sey.
Allein hast du kein Geld die Richter zu verblenden,
Und deinem Advocat ein Wildpret zuzusenden:
So halte Ruth und Strick nur Hals und Rócken hin,
Und wǫr dein Diebstahl auch vom schlechtesten Gewinn;
Hast du gleich Joabs Schwerd auf Abners Brust gezócket
Und deinen Gegenpart in Plutons Reich geschicket,
So geh und stelle nur verlangte Caution,
Gieb denen Richtern Geld, so kǫmst du bald davon.
Hast du die Eh befleckt, den Glaubiger betrogen;
Dem Nachbar Wieí und Feld durch Falschheit abgelogen;
Des Nǫchsten Unschulds=Kleid und guten Ruf verletzt,
Und der Betrǫngten Pfand, das man bey dir versetzt,
Mit List an dich gebracht: So darffst du nicht verzagen,
Man mag dich noch so sehr in dem Gericht verklagen.
Bemóhe dich nur bald um einen Advocat,
Der ein Gewissen so wie Priester-Ermel hat,
Den Hader, Eigennutz und Zank so hoch vergnóget,
Als einen Kriegesmann der was zu plóndern krieget,
Und dessen Herz voll Trotz, das Haupt voll arger List,
Die Seele voll Betrug, und frecher Boíheit ist,
Der sieben Zeilen nur auf eine Seite schreibet,
Und seine Schriften stets auf zwanzig Bogen treibet.
Der so viel Kosten macht als der Proceí begehrt,
Und ihn so boíhaft drcht, daí er viel Jahre wehrt.

Dem fóll die krumme Hand mit Ophirs góldnen Schδtzen,
So wird er bald das Recht der Gegen=Part verletzen;
Nimm selbst den Advocat von deinem Gegner ein;
Schenk ihm ein Stóck zum Kleid, ein stark und fettes
Schwein,
Ein Faí voll Rebensaft, und andre schφne Sachen,
So wirst du ihn schon mild, und dir gewogen machen.
Geh auch zum Richter hin, und fólle ihm die Hand
Mit wilden Mδnnern an, mit Gold aus Ungerland.
Und weigert er sich ja; so gieb es seinem Weibe,
Bring ihr ein Stóck Damast und Sammtes Zeug zum Leibe,
Band, Spitzen, Leinewand, und Peltz zum Unterkleid,
Fóll Stall und Kóche aus; so kriegst du immer Zeit.
Der Advocat hδlts auf, der Richter wirds verziehen,
Dein Gegner mag sich gleich auch noch so sehr bemóhen
Den letzten Spruch zu sehn. Ja wenn er sich beschwehrt,
Des Zahlens móde wird, und endlich Recht begehrt,
Da heists: Ihr habt kein Recht: Wer Geld giebt der gewinnet.
Des Frommen Angesicht, das voller Thrδnen rinnet,
Wird jetzt nicht mehr geacht; der Witwen Klag=Geschrey,
Der Waysen heisses Flehn steht man durchs Recht nicht bey.

Verfluchte Gottesfurcht! verdammtes Christen=Leben!
Heist dieí dem Recht sein Recht nach GOttes Vorschrift
geben?
O! sollen dieses wohl der Armen Vδter seyn?
O! mφchte nicht das Recht zu GOtt um Rache schreyn?
Bey Heyden wird man kaum dergleichen That und Sónden,
So wenig Gottesfurcht, als unter Christen finden.

O groser Samuel! bleib ja in deiner Gruft,
Steh nicht von Todten auf; komm nicht in deutsche Luft.
Man wórde sonst dein Amt und richterlich verwalten
Vor dumm, vor abgeschmackt, vor kahl und thφrigt halten.
Du hast ja, wie bekannt zu Israel gesagt:

Kommt her! Wer wieder mich und meinen Richtstab klagt!
Kommt! sagt mir, ob ich euch in meinem Amt betrogen?
Ob ich Geschenk geliebt; das Gut an mich gezogen?
Wem ich das Recht gebeugt, der zeuge wider mich!
O! diese Reden sind anjetzt zu lächerlich:
Der Hochmuth wächst und steigt, der Geitz hat
zugenommen.
Wie wörde man denn sonst zu solchen Reichthum kommen?

O! gieng der Heyland jetzt von neuen auf die Welt,
Und spräch: Wer unter euch nichts von Geschenken hält,
Und davon freyer ist als dort die Pharisäer
Von Sönd und Ehebruch, der komm und trete näher,
Ihr andern weicht von mir! wie viele wörden fliehn,
Und sich beschämt und stumm mit Furcht zurócke ziehn.

Solt Alexander jetzt wie ehemals geschehen,
In ganz verstellter Tracht auf manches Richthaus gehen, (b)
Er tröffe warlich nicht dergleichen Mönner an,
Die also handelten wie jener Mund gethan,
Die Richter wörden nicht den Schatz zurócke weisen,
Da sie ihn heut zu Tag begierig zu sich reisen.
Solt jetzt Cambyses wohl dem Richter, der das Recht
Des Geldes wegen beugt, der Freundschaft wegen schwächt,
Die Haut vom Leibe ziehn und an den Richtstuhl nageln, (c)
Wie grausam wörde man auf solche Strafe hageln?
Wie mancher Richter=Sitz, den man jetzt prächtig schaut,
Bekäm an statt des Schmucks wohl mehr als eine Haut.
Erforschte mancher Först (d) zugleich die Advocaten,
O! so bekäm gewií der Hencker manchen Braten.
Es wörde mancher Baum zum Galgen abgehackt
Und manches Glied vom Leib mit Eisen abgezwackt,
Hingegen aber auch (was wönscht man mehr auf Erden?)
Recht und Gerechtigkeit nicht leicht gequälet werden.
Wo sieht man, daí der Herr jetzt im Gerichte wohnt?

Daí man die Frevler straft, die Unschuld aber schohnt,
Und den Regenten=Stab mit Tugend unterstótzet,
Mit rechtlich kluger Hand die Acten=Feder schnitzet?

* * *

Wie glócklich ist ein Mensch der stets das Ohr verstopft,
Wenn gleich die Tugend kφmmt und thrônend klagt und
klopft.
Wie wohl, wie wohl ist dem, der stille sitzt und schweiget,
Wenn dort ein wóster Kopf die Ehren=Bahn besteiget.
Ein zugeschloíenes Ohr, ein zugehóllt Gesicht,
Und einen Mund der nichts als Ja zu allen spricht,
Ein Auge voller List erfordern unsre Zeiten,
Wer so nicht leben kan der wird nicht viel bedeuten.

Doch nein! mein Eifer brennt, er ist gerecht und gut.
Wer nur die Laster schilt, wer nur die tolle Brut
Bey ihren Nahmen nennt, und vor den Spiegel stellet,
Der kômpft wie ein Soldat der tolle Feinde fôllet,
Und kriegt ein gleiches Lob, von der noch guten Welt,
Die nach der Tugend greift, und noch auf Wohlstand hôlt.

Was vor ein heiser Schmertz hat meine Brust befallen!
Der Adern rothe Saft fôngt kochend an zu wallen;
Mein Herz bebt wie ein Blat, mein Geist entsezt sich ganz,
Wenn ich die alte Zeit mit ihrem Werth und Glanz,
Und unsre Zeiten seh. Wo ist der Rφmer Zierde,
Ernst, Einsicht, Tugend, Recht und lφbliche Begierde
Nach guten Sitten hin? wodurch bestand ihr Flor?
Sie zog nicht Geld und Stand der Kunst und Tugend vor.
Wer vor das Vaterland beherzt und klug gestritten;
Wer sich verdient gemacht, Vernunft und guten Sitten
Begierig nachgestrebt; wer und klug redlich war,
Den sezte man ins Amt und zu der Vôter Schaar.
Jezt scheint der Tugend=Licht sich gleichsam zu verdunkeln:

Sie kan, O Finsterniſ! nicht mehr wie ehmahls funkeln.
Carthago schimpft sich noch. Denn sie vergab ums Geld
Amt, Ehre, Stand und Dienst; was thut denn unsre Welt?

Wie thǫrigt wǒrde doch dein Rath o Jethro! klingen,
Wenn du wie ehemals den Vortrag woltest bringen:
Sezt diese, diese nur in Amt und Dienste ein
Die klug, gerecht und fromm, warhaft und redlich seyn,
Ja, die den schnǫden Geiz von Grund der Seele hassen:
Man wǒrde dir gewiſ ein Liedgen singen lassen,
Das dir sehr schlecht gefiel. Es hieſ: der Mann ist toll,
Er weiſ noch nicht einmahl wie man recht leben soll.

Die Zeit ist nicht mehr hier, die ehedem gewesen,
Denn was wir hier und da in alten Bóchern lesen,
Das geht bey uns nicht an. Die Zeiten sind jezt neu,
Da man nicht lange fragt, ob jemand wǒrdig sey.
Wer in der Auction der Aemter wacker biethet;
Die Stimmen um das Mark der tiefen Klófte miethet,
Der steiget schnell empor, und wird ein Licht der Stadt,
So wenig er auch sonst an Witz und Tugend hat.
So wenig er erlernt, wie man den Richt=Stuhl zieren,
Und was man wissen muſ, ein Amt gerecht zu fóhren.

So geht es, leider! her. Allein was folgt darauf?
Dem Miethling ist nunmehr die Themis selbst zu kauf;
Sein drangewandtes Geld lǒſt ihn nicht ruhig schlafen,
Er trachtet Tag und Nacht, wie er es von den Schaafen
Mit Vortheil wieder zieht. Da sinnt er auf Betrug,
Setzt viele Sporteln an, und andre Kosten gnug.
Da wird der Neben=Christ, der Unterthan gedrócket,
So gut sichs nach der Zeit und seinem Anschlag schicket.

Wem aber nicht das Glóck die Bǫrse schwer gemacht,
Der wird durch Kupplerey zu Amt und Stand gebracht,
Er schleicht sich voller List und Schmeicheley nach Hofe,

Und nimmt die abgeköít und sonst beliebte Zofe
Zum lieben Ehgemahl. Da wird er denn ein Mann
Der wacker und galant und herrlich leben kan.
Ey seht? Wer wolte nicht durch schøner Frauen Schórzen
Sein Glóck und Ehre baun, und seine Noth verkórzen!
Ihr Mônner! tretet auf! trotzt! raubt uns diesen Ruhm!
Ist nicht die Zwingungs=Kraft der Weiber Eigenthum?
Die Stôrcke ihrer Hand, die Artigkeit der Minen,
Und der beredte Mund muí euch zur Wórde dienen.
Man hat den alten Brauch nunmehro abgethan,
Da bloí der Mann durch sich zum Manne werden kan.
Durch Weiber móssen jetzt die Mônner Mônner werden:
Durch Weiber werden jetzt auch Hirten óber Heerden.

Ich tadle dieses nicht, daí sich ein Mann bemóht,
Und bey dem Ehverband auf seine Wohlfahrt sieht,
Ein kluger muí ein Schmidt von seinem Glócke heisen.
Dieí kan er nirgends ehr als bey der Heyrath weisen,
Wenn er durch Fleií und Witz, Treu, Tugend und Verstand,
Der Eltern Lieb und Gunst, der Gønner holde Hand
Und Herze zu sich zieht, und solch ein Weib erlanget,
Das nebst dem Reichthum auch mit schøner Tugend
pranget.
Dieí ist der Vorsicht=Schluí, dieí ist der Wôchter Rath,
Wenn Moses, den die Furcht und Angst vertrieben hat,
Durch seiner Tugend Glanz sein Glóck by Jethro gróndet,
Und Mahlon Glóck und Wohl bey Moabs Tøchtern findet,
Wenn Jacob, der den Grimm des Esaus fliehen muí,
Und in entfernter Luft durch GOttes weisen Schluí
Sein Glócke suchen soll, der Rahel Herz gewinnet,
Und Labans Gunst erhôlt, weil er auf Mittel sinnet,
Wodurch der Segen sich in seiner Arbeit mehrt,
So, daí ihn jedermann deswegen liebt und ehrt.
Wenn Saul des Davids Glóck und Treu und Dienst
betrachtet,

Und Michal ihm zur Braut zu geben wórdig achtet,
Diſ kommt vom Sternen=Pol und von der Allmacht her.
So fǫrdert keusche Lieb Glóck, Wohlstand, Ruhm und Ehr.

Wenn aber sich ein Mann nach Frauen=Lippen sehnet,
Die schon ein geiler Mund beflecket und verwehnet;
Wenn er die Delila so hoch als Sara schðtzt,
Und sich recht wissentlich in Hanrey=Orden setzt,
Um nur der Fórsten Gunst und Liebe zu erlangen,
Und als ein Herr und Mann in Amt und Dienst zu prangen
Der muſ schier fðllt mir gleich das alte Sprichwort ein;
Ein rechter braver Kerl, ja wohl noch sonst was seyn.

Doch warum ðrgert euch, die Heyrath frecher Dirnen?
Was, soll ich óber euch ihr Venus=Nympfen zórnen?
Nahm doch Hosea dort, der ein Prophete war,
Zu seiner Frau ein Weib aus frecher Huren=Schaar.
Wer kan es wohl mit Recht den Dórftigen verdencken,
Wenn sie aus Geld=Begier ihr Herz der Dina schenken?

Wer hat bey Fórsten Glóck? wer baut sein Ehren=Haus
Bey Gǫttern dieser Welt? vieleicht wer frey heraus
Und nach der Redlichkeit die rechte Art beschreibet,
Nach welcher Volk und Land am ersten glócklich bleibet;
Nach welcher sich ein Herr den Thron im Herzen baut;
Daſ man ihn Freudenvoll und nicht mit Zittern schaut;
Daſ dieſ ein Titus sey der voller Huld regieret,
Sein Amt dem Argus gleich auch schlummrend wachsam
fóhret.
Der fór gemeine Ruh gleich als ein Pharus brennt;
Der keine Schmeicheley; nur bloſ die Warheit kennt;
Der treue Diener nicht wie Sigismund (e) belohnet;
Der zwar die Boſheit straft, der Unschuld aber schonet;
Ja der wie Salomon der Weisheit sich ergiebt,
Und solche hǫher noch als Ehr und Reichthum liebt.
Was meint ihr: solte wohl ein Mann von solchen Wesen

Und solcher Redlichkeit sein Glóck am Hofe lesen?
An manchen glaub ich wohl; doch mφchten wenig seyn
Die dieí beherzigten. Der schnφde Heuchel=Schein
Hat meist die Oberhand, bií Artaxerxen tróumet,
Er hab an Esters Freund die Dankbarkeit versóumet.
Indessen steigt doch fast nur Hamans Brut empor,
Wer sich in Fuchs=Pelz hóllt, und mit der Schmeichler Flor
Das Angesicht bedeckt, der darf nach Hofe kommen,
Und wird noch desto ehr zum Diener angenommen,
Wenn er Projecte macht, wodurch man Geld gewinnt;
Wie man auf Aecker, Haus, auf Nahrung, Pferd und Rind
Und Dienste Gaben legt, die vormahls nicht gewesen,
Von welchen sonst kein Wort im Freyheits=Brief zu lesen;
Wie man die Bórgerschaft mit Zoll, Accieí beschwert,
Und ihnen mit Manier den Beutel folgends leert.

Doch seht! ihr bróstet euch und gebt mir zu verstehen,
Es fordre grosen Witz mit Prinzen umzugehen,
Man mósse jederzeit aus Ehrfurcht, Lieb und Treu
Auf ihr Intresse sehn, daí dieí in Wachsthum sey.
Gar recht: Bedenkt auch nur fein allzeit das Gewissen;
Ihr dórft es leicht versehn, so trit man euch mit Fóssen;
Vom Feuer und vom Licht bleibt schlaue Klugheit fern,
Denn wer zu nahe kφmmt derselbe brennt sich gern.

Ihr Thoren! die ihr euch so gern in Fuchs=Peltz kleidet
Wie kφmmt es, daí ihr nicht die glatten Worte meidet?
Ist wohl ein Fuchs so dumm, daí er sich dahin hólt,
Wo man vor kurzer Zeit den Cammerad geprellt?
List, Schmeicheln, Eigennutz, Verróhterey und Lógen
Die dauren kurze Zeit, es kan sich leichte fógen,
Daí sich das Blótgen kehrt; sehr selten findet man,
Daí einer sich dadurch im Glóck erhalten kan,
Weil grosser Herren Gunst gar bald wie Schnee zergehet,
Da nach dem heisen Strahl ein Regen=Guí entstehet.

35

Die Unbeständigkeit findt stets bey Höfen Raum;
Der Fürsten Gnad und Huld ist meist ein süsser Traum.
Die Frucht, die jählings reift, die Blume die bald blühet,
Fällt desto eher ab, wie man ja täglich siehet.
Je schnell, je höher man bey grosen Herren steigt,
Je näher ist das Glück zu seinem Fall geneigt.
Wie öfters sinken nicht die grösten Favoriten!
Erst herrschten sie im Schloß; jetzt darben sie in Hütten.

Ihr Thoren! die ihr euch nach Herren Gnade dringt,
Und sie durch mancherley Betrug und List erzwingt,
Wenn gleich der Bürger seufzt, und euch im Herzen hasset,
Was ist es daß ihr euch auf ihre Gunst verlasset?
Sie währet doch nicht lang; kömmt endlich euer Fall
So ist kein Freund nicht da, so ruft man überall:
Triumph! der Haman liegt, der Land und Bürgern fluchte,
Und ihren Schaden nur durch seine Ränke suchte.
Man diene seinem Herrn als ein getreuer Mann,
Das heist weit klüglicher gehandelt und gethan,
Drück aber nicht das Volk, und sey nicht stolz im Glücke,
So kriegt man doch beym Fall noch Mitleids=volle Blicke:
Da jener, welcher nur den Unterthan geplagt,
Und ausgesogen hat, warhaftig nicht beklagt,
Und nur verspottet wird; wer Herren Gnade trauet,
Der hat sein Haus und Glück auf leichten Sand gebauet;
Der schwebt wie auf dem Meer, da bald ein Sturm entsteht,
Wodurch Glück, Hofnung, Trost und Leben untergeht.

Ein andrer Weg ist noch (wenn sonst nichts mehr zu
hoffen,
Und Treu und Tugend weg) zum Amt und Ehre offen.
Verläugne deinen GOtt und die Religion,
So trägest du ein Amt und manch Geschenk davon.

Ist das die schöne Bahn zur Ehren=Burg zu steigen?
Wie will ein solcher sich gerecht und Treu bezeigen?

Folgt nicht hieraus der Schluí: Wer GOtt nicht Glauben hólt,
Und ihn verschwφrt und teuscht, der wird gewií der Welt,
Dem Nóchsten und dem Land wohl schwerlich treu verbleiben,
Und sein vertrautes Amt gewissenhaftig treiben.

* * *

Wie glócklich warst du doch beróhmtes Griechenland!
In deinem grφíten Glanz; ich meine, da dein Stand
In Flor und Freyheit war; da man die Arbeit liebte;
Da deine Jugend sich in Ritterspielen óbte;
Da man den Lorbeer=Zweig durch Kunst und Fleií erwarb,
Und wie man erst gelebt, so auch mit Ehren starb.
Du warest ohne Geld und Stand beróhmt und weise,
Die Tugend ward belohnt; nach klug vergoínem Schweise
Ward jeden nach Verdienst der Ehren=Kranz gebracht,
Und also durch sich selbst die Bahn des Glócks gemacht.

Wo sind die Zeiten hin, da die Gymnosophisten
Die Jugend eher nicht mit Kost und Lob begrósten,
Als bií ein jeder sprach: Dieí hab ich heut gethan;
Ich habe nach Befehl der edlen Tugend Bahn
Mit Ernste nachgefolgt; dieí hab ich aufgeschrieben,
Worzu die Weisheit mich mit Nachdruck angetrieben.
Dieí hat mein reger Fleií und Witz hervor gesucht;
Dieí ist von meinem Geist und Einsicht eine Frucht?
Wo ist der Parther Brauch? der meistens dahin gienge,
Daí nie ein fauler Mensch den Unterhalt empfienge.
Wie óndert sich die Zucht? Wie óndert sich die Zeit?
Jetzt wird der dómste Kopf mit Ehr und Schmuck erfreut.
Vergebens ist es jetzt, daí man die Tugend liebet,
Vergebens, daí man sich in Wissenschaften óbet,
Vergeblich, daí man Tag und Nacht bey Bóchern schwitzt,
Umsonst, daí man den Kiel zu klugen Schriften schnitzt.

Geld macht jetzt tugendhaft, gelehrt, geschickt und weise:
Ein reiches Stutzergen kan mehr als alte Greise,
Verstand, Gelehrsamkeit, Witz, Ansehn und Vernunft,
Ring, Hut, ja gar ein Platz in der gelehrten Zunft,
Ist jetzt so gut als Obst um baares Geld zu haben.
Geld; nicht die Wissenschaft, sind jetzt die besten Gaben.
Geht ins gelehrte Haus, und ins Collegium,
Beseht den Candidat, ob solcher nicht so stumm
Wie der Catheder ist? Man wird ja sonder Grδmen,
Sich als ein Stoicus zwey Stunden kφnnen schδmen.
Wie viele giebt es nicht, die klug und weise sind,
Ob man bey ihnen gleich sehr wenig Suadam findt;
Muı nicht die Theorie der góldnen Praxi weichen?
So kan ein Doctorand der Weisheit Grund erreichen,
Und doch kein Redner seyn. Zudem, was ist es dann
Wenn schon der Candidat nicht wohl bestehen kan,
Und φfters stille schweigt? Hat man doch sonst vernommen,
Daı grose Redner nicht in Reden fortgekommen.
Auch selbst Demosthenem erschreckt der Gegenstand.
Ein Haupt das Kronen trδgt, der Scepter in der Hand,
Der Strahl der Majestδt macht kluge Redner blφde.
Allein vor dem erschrickt fast mitten in der Rede
Der neue Doctorand? ha! ha! jetzt fδllt mirs ein,
Es wird ein tiefer Satz vom Opponenten seyn,
Den er sich nicht versehn. Der Vorwurf ist zu wichtig,
Die Schlósse óberhaupt sind bóndig, gut und richtig;
Dieı giebt nun seiner Brust den hδrtsten Donnerstreich,
Dieı macht, daı auch sein Herz als wie ein Wachs so weich,
Die Zunge starrend wird. Die Angst wird immer stδrker,
Das Herze klopft so stark als kaum in einem Kerker
Ein Inquisite bebt, wenn sich der Opponent
Zu einem andern Satz und neuen Vortrag wendt;
Die Dissertation hat er nicht kφnnen machen,
Drum weis er nirgend hin; da giebt es gnug zu lachen.

Indeí bekommt er doch, was seine Brust vergnógt;
Was schadets, wenn man gleich mit fremden Kȯlbern pflógt.
Ja, ist die Noth auch gleich aufs ȯuserste vorhanden,
Und scheints, als wȯrde jetzt der Doctorand zu schanden,
Weil er nichts reden kan, so legt ein Freund sich drein,
Und sucht in dieser Angst sein Advocat zu seyn.

O du Beredsamkeit! Was fliehst du von den meisten,
Und wilst zur Zeit der Noth gar keinen Beystand leisten.
Jedoch was klag ich doch den Gϕtter=Bothen an?
Ist nicht der Unverstand und Trȯgheit Schuld daran?
Wer fordert denn von dir ein spȯt und langes Schwatzen,
Als wolte dir der Bauch vor groser Weisheit platzen.
Sprich kurz, doch aber gut, klug, geistreich, gróndlich, rein,
Beredsam, angenehm, so magst du Doctor seyn.
Kan doch ein Ackerknecht, und dummer Schȯfer=Junge,
Mit seiner unberedt und ϕfters rauhen Zunge,
Von Schaafen, Pflug und Trift, von Aeckern, Pflanzen, Saat,
Geschickte Antwort thun, so viel er Kundschaft hat.
So wird ein Candidat doch so viel Maul besitzen,
Als ihn zur Zeit der Noth zur Ehre kϕnte nótzen.
Die schlechte Wissenschaft und nicht der Mund ist Schuld;

Die Liebe hat indeí mit Stómpern auch Gedult.
O Deutschland! glaube nicht bey Schenckung deiner Ehren,
Als ob in Welschland nur Doctores fruchtbar wȯren;
Du kriegst jetzt gleichen Ruhm. Nicht wahr? du sagest ja,
Dein groser Inbegrif hȯlt manches Padua.

* * *

Welch ein Trommeten=Thon erschallet bií an Himmel!
Wer macht ein solch Getϕí und mȯchtiges Getómmel
Wie dorten Jacobs Fórst vor Jericho gethan?
Ey seht! ein altes Weib, und nicht ein Krieges=Mann
Erhebt ein solch Geschrey: Die Heucheley ruft heftig:

Folgt meinen Fóssen nach! seyd munter und geschðftig
In meinen Dienst zu gehen! rðumt mir die Herzen ein,
Und laít von eurer Treu den Wandel Zeuge seyn.
Entschuldget euch nur nicht mit schwacher Geistes=Stðrke;
Man lernet meine Kunst und meiner Hðnde=Werke
Mit schlecht und leichter Móh. Auf! folget meinem Schritt,
Ich geb euch Geist und Kraft, Verstand und Stðrke mit.
Ihr spóhrt in meinem Dienst nichts von Gefðhrlichkeiten,
Die andre Leute sonst bey ihrem Thun begleiten.
Nehmt nur die Lehren an die euch mein Mund erklðrt:

Ihr Kinder! wenn vieleicht ein Herr von euch begehrt,
Dieí oder jens zu thun; die Arbeit zu vollenden,
Dieí Stóck zu óbergehn, und dieí zu óbersenden.
So macht ein Compliment, und sprecht ganz hφflich ja.
Und ist denn sonsten noch was zu erinnern da,
So zieht die Achslen nur, und sucht euch nicht zu sperren.
So baut ihr euer Glóck und macht euch gnðdge Herren.
Und wenn euch ja ein Wort von den Propheten droht,
So unterdróckt den Trieb, und werdet ja nicht roth;
Nehmt falsche Groímuth an, verlachet alle Schande,
So seyd ihr mit der Zeit die Herrlichsten im Lande.

Kein tapfrer General, der in dem Felde wacht,
Hat je mit solchem Glóck die Herzen aufgebracht,
Als jetzt der Heucheley ihr Vorsatz ist gelungen.
Das Volk kommt Schaaren=Weií in ihren Arm gesprungen,
Dem ungewohnten Ruf und starken Stadt=Geschrey
Fðllt sonst der Pφbel nur und loí Gesindel bey,
Allein die Heucheley ist weit beglóckter worden;
Von Mðnnern von Verstand und aus beróhmten Orden
Wird ihr beliebtes Reich mit aller Macht erbaut;
Ja Hðupter, die man sonst vor Sðulen angeschaut,
Um vor den Rií zu stehn, sind meistentheils bemóhet,
In ihrem Dienst zu seyn, damit ihr Glócke blóhet.

Hebt eure Augen auf, dort sitzt so mancher Mann,
Der Zung und Lippen hat, und doch nicht reden kan.
Ich glaub die Allmachts=Hand hat solche statt der Gφtzen
Zur wohlverdienten Zucht auf Erden lassen setzen.
Man heuchelt sich bey Hof und bey den Grφsten ein,
Um nur ein Tafelgast und Tellerwisch zu seyn.
Um einen Becher Wein, um einen Wildpret=Braten,
Und hφflich Compliment verricht man Judas Thaten.
Recht, Freyheit und Gebet, Lied, Kirchhof, Schrift und Wort,
Muí ohne Zwang und Noth, nur bloí ans Heuchlen, fort.
Und wo ein Redlicher im Volke zu erblicken
Den schwδrzt man schδndlich an, und sucht ihn zu
ersticken.
Die Glaubens=Vδter sind bey der Verlδumdung kδhn,
Wenn sie durch Lδsterung um Fuchs=Schwanz sich
bemδhn.

Greift dort des Gegners Mund auf Lehrstuhl und Catheder
Kirch, Wort und Lehre an, und thut was sonst ein jeder
Nach Amt und Glaubens=Pflicht zu halten schuldig ist,
So ist man nicht so sehr mit Eifer ausgeróst,
Man schweigt, und trachtet nicht mit fest und δchten
Grónden
Den Gegner φffentlich geschickt zu óberwinden.
Das gφttliche Gesetz befiehlet uns nicht nur
Zu eifern vor das Wort; die Regel der Natur
Hat auch in unser Herz der Ehrfurcht Trieb gegraben,
Vor unsre Glaubens=Lehr Sorg, Lieb und Muth zu haben.
Ein Heyd, ein Saracen, ein Mann vom Judenthum
Sorgt, weils natórlich ist, vor seiner Kirche Ruhm
Und eifert vor die Lehr, und wir erleuchte Christen,
Die wir uns mit dem Wort und ganzen Nachtmahl brósten,
Sind in dem Eifer kalt, und in der Liebe lau.
Wo wiederleget man der Gegner Wort genau?

Wo suchet man den Schimpf der Kirche abzulehnen?
Und denen, die da schwach, den vesten Weg zu böhnen?

Wer vor der Kirche Ruhm und Ehr und Ansehn ficht,
Braucht gar nicht, daſ er frech und lösterhaftig spricht;
Mit sanfter Freundlichkeit, bescheiden und gelassen
Kan man den Gegensatz in wenig Worten fassen.
Gleich wie der Heyland spricht, das Wort soll ungemein
Und lieblich; aber auch mit Salz gewórzet sein.
So aber schweiget man gleich wie zum Löstern stille,
Die Fehler groser Herrn erblickt man durch die Brille;
Den Reichen siehet man auch durch die Finger hin;
Denn Heuchlen bringet Gunst, Geschenke und Gewinn.

Wie hat die Heucheley den Geist so gar verblendet?
Wacht das Gewissen auf, so wird gleich eingewendet:
Red ich nach meiner Pflicht, so nimmt die Ehre ab.
Der Gφtter Gnade föllt, ich krieg den Wanderstab.
Ist nicht die Erde groſ, wo gute Christen wohnen?
Die euch den Wanderstab mit besserm Glóck belohnen?
Sagt, nennt mir einen nur, den man aus einer Stadt
Um GOttes Lehr und Ehr hinweg getrieben hat.
(O! liessen wir doch GOtt in allen Stócken walten!)
Ob ihm die Vorsicht nicht ein Zoar aufbehalten?

Wer ist der, wenn man ihn an seinem Ruhm verletzt,
Sich nicht darwieder legt? GOtt wird zuróck gesetzt.
Vor seine Lehr und Ehr will man nicht muthig kömpfen,
Noch Feind und Lösterer mit Wort und Eifer dömpfen.

Wo werd ich hingeróckt? Auf einmal stellt sich mir
Bey hellem lichten Tag ein Saal der Helden fór,
Mit Helden, die beherzt, so stark sie nur vermochten,
Vor GOttes Wort und Ehr und seinen Ruhm gefochten.

Ein jedes Helden=Bild ist kónstlich abgemahlt;

Im Tode sieht mans noch wie scharf ihr Auge strahlt;
Das kurze Sinn-Gedicht lͨſt uns ihr heilig Wesen
Zur Schande unsrer Zeit mit góldnen Worten lesen.
Dort zeigt sich Bileam mit dieser ͨberschrift:
Nicht Ehre, noch Geschenk hat meinen Geist vergift!
Ich habe Israel um kein Geschenk verfluchet,
Wo ist ein Seher jetzt der mir zu folgen suchet?
Da steht bey Pinehas: Der Eifer trieb mich an,
Daſ mein erhitztes Schwerd den grφst und reichsten Mann
In Sͨnden nicht geschont, und seinen Hals zerbrochen,
Und meines GOttes Ehr nach Priester Pflicht gerochen.
Bey David lieſt man dieſ: Der Eifer vor dein Haus
Mein GOtt, gieng eher nicht als mit dem Leben aus.
Elias fͨhrt die Schrift: Ich hab vor GOtt gestritten,
Und Haſ, Verfolgung, Neid deſhalb getrost erlitten.
Dort steht bey Amoz Sohn: Ich strafte groſ und klein,
Damit mein Hirten=Amt GOtt mφcht gefͦllig seyn.
Bey Jeremia heists: dem Kφnig und dem Knechte
Erklͦrt ich ohne Furcht des Hφchsten Wort und Rechte,
Und scheute weder Fluch, Verfolgung, Band noch Hohn.
GOtt gab mir auch hiervor das Himmelreich zum Lohn.
Dort steht bey Daniel: GOtt ist ein GOtt der Gφtter,
Den ruf ich brónstig an, dcr ward auch mein Erretter.
Nicht Gold, noch Herrlichkeit nahm mich zum Abfall ein.
Jezt wórd ich wohl ein Narr genennet worden seyn.
Johannes Schrift heist so: Ich lies mich ehr ermorden,
Eh ich am Fórsten=Hof ein Heuchler wͦr geworden.
Bey Paulo leſ ich dieſ: Ich floh die Heucheley,
Was Felix wissen muſ, das sagt ich ohne Scheu.
Ich habe Hohn und Spott, Verfolgung und Verjagen
Um JEsu Wort und Lehr mit Freudigkeit getragen.

Hiermit verschwand der Saal mit allen Bilderwerk,
Und lieſ mir diese Schrift zum letzten Augenmerk:
Der Helden Ehren=Bild wird in der Schrift gefunden,

Auf Erden ist ihr Geist und Bild, schon lõngst
verschwunden.

Schweigt, schweigt ihr Physici, ich glaub euch nun nicht
mehr,
Daí nur der Basilisk in wósten Hφhlen wõr,
Man kφnte nirgends sonst die sehr verschmizte Schlangen,
Als nur in dóstern Wald und Felsen=Ritzen fangen.
Das Paradieí hat sie so gut herfór gebracht,
Als wie das Tauben=Paar aus dem die Unschuld lacht.
Und ob sie GOtt auch gleich aus solchem Ort vertrieben;
So ist sie dennoch stets am schφnsten Ort geblieben.
Der Schooí Germaniens, das deutsche Herz und Blut,
Ist jezt ihr Aufenthalt, alwo sie sicher ruht.
Sie hat sich an der Brust der Menschen umgeschlungen,
Daí auch ihr starker Gift durch Fleisch und Blut gedrungen.

Mir schaudert jezt die Haut, daí ich sie nennen soll,
Wie ist doch unsre Zeit von den Verlõumdern voll?
Wo ist dein alter Ruhm o Deutschland! hingekommen?
Hat die Verlõumdung dir den alten Glanz benommen?
Man sah der Klugen Ruhm vordem nicht neidisch an;
Man ehrt und liebte den, der sich hervor gethan,
Und vor das Vaterland gerahten und gestritten,
Frost, Hunger, Schlõg und Durst und Pestilenz erlitten.
Zog einer im Triumph mit Sieges=Reisern ein,
So muste Blumenwerk sein schφnster Zierath seyn,
Mit diesen suchte man die Helden zu verehren:
Ein jeder lieí darbei ein muntres Jauchzen hφren.
Wer nach der Bórger Flor gerungen und gestrebt,
Und als ein Biedermann o schφner Ruhm! gelebt,
Die Wissenschaft geliebt, den Kónsten nach gerungen,
Und sich mit freyem Geist vom Pφbel aufgeschwungen,
Dem war der Adel hold, der Bórger liebte ihn,
Der Nachbar sah sein Haus mit vielen Freuden blóhn.

Dem, welcher hier zu Glóck und zu Vermφgen kommen,
Hat das Verlðumdungs=Gift an Seegen nichts benommen.
Der Greisen Ehren=Kleid ward nicht durch Schaum befleckt,
Den der Verlðumdungs=Mund aus seinem Halse streckt.
Der Jugend Tugend=Rock, der Weisheit góldne Spangen
Besudelte kein Koth. Flieít Thrðnen von den Wangen!
Weicht alte Tugenden, und geht in Trauer=Flor,
Mit klðglichem Gesang zu dieser Zeit hervor.
Vieleicht wird unsre Zeit dadurch einmahl geróhret,
Daí sie nach eurem Schmuck auch ein Verlangen spóhret.

Doch nein! es ist umsonst! Die Welt verlacht euch nur;
Sie nimmt die Birke schon und peitscht euch aus der Flur.
Hinweg! hinweg! mit euch! schreyt die Verlðumdung immer.
Mit Freuden mach ich stets der Menschen=Herzen
schlimmer.
Der Greií, den Schlaf und Haupt mit Silber=Farbe deckt,
Von dem man glaubt und meint, daí Tugend in ihm steckt,
Daí er aus Redlichkeit der Lógen widerstrebe,
Damit er jederman ein schφn Exempel gebe.
Der raít von Neid und Haí; speyt auf des Nðchsten Haus,
Thun, Wandel, Ehr und Nahm Verlðumdungs=Geifer aus:
Und eh sein Geifer stónd erdðcht er eine Fabel.
Der Jóngling, welcher kaum das Gelbe erst vom Schnabel
Vor kurzen abgewischt; dem Ohr und Baart noch treuft,
Von dem man Anfangs meint, weil er zur Pallas lðuft,
Er wórde sich bemóhn, der Tugend nachzuwandeln,
Der Weisheit nachzugehn, in allem klug zu handeln;
Der Rechte Gróndlichkeit bedðchtlich einzusehn;
Die Niedertrðchtigkeit des Pφbels zu verschmðhn;
Den Sitten hold zu seyn; den Wohlstand zu betrachten,
Und das, was róhmlich ist im Herzen hoch zu achten.
Dem ist, wer sieht es nicht? Haupt und Gehirn verróckt,
Die Thorheit hat bereits das gute Korn erstickt,
Weil die Verlðumdung ihn aus ihrer Brust getrðnket,

Und da er ihr gehorcht, gedoppelt eingeschenket.
Der Tugend werden selbst viel Flecken angedicht;
Der Fleiſ wird spφttiglich verhφhnet und gericht;
Die Weisheit óberkleidt ein Pinsel giftger Farben;
Der Unschuld Angesicht bezeichnet man durch Narben;
Der frφmmste GOttes=Mann wird nicht davon verschont,
Sein treu und ehrlich Thun wird ihm mit Gift belohnt.
Ja die Gerechtigkeit muſ sich fast auf der Gassen
Von dem Verlδumdungs=Zahn zur Schmach verlδstern
lassen.
Des Bórgers Redlichkeit; des Weisen Tugend=Bahn,
Glóck, Ehre, Keuschheit, Fleiſ haucht, spritzt und speyt man
an.

Kδm Moses jezt aufs neu von Sinai gestiegen,
Und spδch: Du solst den Freund und Nδchsten nicht
belógen;
Ja, kδm der Heyland selbst aus seinem Himmelreich,
Und sprδch: Wo ihr mich ehrt, so liebt euch unter euch,
Und was ihr selbst nicht wolt von euch gesaget haben,
Das bleibe auch in euch und eurer Brust vergraben.
Man schweige wohl darzu mit kalten Lippen still;
Ja mancher dδchte gar: ich thu doch, was ich will.

O Boſheit! solte nicht des Hφchsten Zorn entbrennen?
Was die Vernunft befiehlt kan jederman erkennen,
Daſ man als wie sich selbst den Nδchsten lieben soll.
Wer zeigt so viel Vernunft, daſ er recht Groſmuths voll
Und tugendhaft erscheint; daſ er des Nδchsten Glócke,
Ruhm, Wohlfahrt, Weisheit, Stand und freundliches
Geschicke
Mit frohen Augen sieht, und sich darbey ergetzt,
Weil ihn der Vorsicht Hand zum Seegen hat gesetzt?

Ein wahr und róhmlich Glied in Mensch=und
Bórger=Orden

Vergnógt sich, wenn sein Freund und Nachbar groſ
geworden,
Wenn seine Wissenschaft und Fleiſ den Ruhm erlangt;
Wenn er geliebet wird, wenn er in Ehren prangt.
Er lobt was Lobens werth, und sucht sich anzureitzen
Auf gleiche edle Art nach Glóck und Ruhm zu geitzen.
Vor Neid, Verlδumdung, Gift regt er die Ehrsucht an,
Die ihn, wie andre auch unsterblich machen kan.
Es ist ihm herzlich leid, wenn schwache Nδchsten gleiten;
Er schweigt, und trachtet nicht die Fehler auszubreiten.
Er weiſ, daſ keiner nicht von aller Schwachheit frey,
Und er so gut als der und jener sóndlich sey.

* * *

Der Mensch das dummste Thier, schreibt Neukirchs kluger
Finger.
Der Mensch das dummste Vieh? Wie? Wird sein Stand
geringer?
Was? Wδr sein Adel fort, und seine Menschheit weg?
Ist Klugheit und Vernunft nicht seiner Handlung Zweck?
So solt es freylich seyn; man solte sich bestreben,
Den Regeln der Vernunft gehφrig nachzuleben.

O! mφchte doch sein Thun vernónftig, klug und rein,
Und seinem Nahmen gleich und niemahls viehisch seyn.
Man solte jederzeit mit Werk und That beweisen,
Es sey der Mensch ein Mensch, das Vieh nur Vieh zu heisen.
Allein, wo folgt der Mensch, die schφnste Creatur,
Der Allmacht Meisterstóck, der Vorschrift der Natur
Und ihrem Triebe nach? vergiſt er nicht sein Wesen,
Worzu ihn Anfangs doch der Schφpfer auserlesen?

Ein ungeschickter Artzt hδlt sonst die Augen zu,
Wenn er den Kirchhof sieht, wo er zur langen Ruh
So manchen hingeschaft. Ein andrer Mensch erweget

Die Thorheit nicht so leicht. Wenn sich der Lφwe reget,
Und zornig tobt und bróllt; wenn sich der Wolf entróst
Und das gedultge Schaaf zerreist und schnaubend frist;
Wenn sich der wilde Bðr zum Wórgen fertig machet;
Wenn ein entschlafner Hund durch einen Trit erwachet,
Und den mit Zorn und Grimm in seinen Fortgang stφhrt,
Den er von weiten noch in seinen Schlaf gehφrt;
Dieí alles sieht der Mensch, und will nicht weiter gehen,
Er bleibt als wie das Vieh auf seiner Regung stehen;
Er schðmt sich leider! nicht, daí er dem Thiere gleicht,
Und ihm an Rach und Zorn nicht im geringsten weicht.

Wo ist der klógste Mensch wohl auf der Welt vollkommen?
Wo ist ein Frommer wohl der nie was unternommen;
Das ohne Tadel sey? Wo trift man einen an,
Der niemals weil er lebt der Tugend Tort gethan?
Dieí óberlegt er nicht; Er sieht des Nðchsten Splitter,
Nur seinen Balken nicht. Was vor ein Ungewitter;
Was vor ein wildes Feur regt sich in seinem Geist
Wenn einer etwas thut das schwach und menschlich heist?
Wenn einer ohngefehr nicht hφflich gnug erscheinet;
Wenn einer etwas sagt, das oft nicht bφs gemeinet;
Ein Wort, das von dem E und A den Anfang nimmt,
Das sich ein Gassen=Kind zu seiner Wehr bestimmt,
Das muí Gelegenheit zu Zorn und Rache geben,
Da schwφrt man Stein und Bein der Kerl darf nicht mehr
leben.

Ha! spricht ein Edelmann, das schickt sich nicht vor mich!
Ich bin ein Cavallier! es rφch zu bórgerlich
Wenn ich jetzt schweigen solt. Ich bin beleidget worden!
Fort Adel rðche dich! fort! du must ihn ermorden!
Jezt wezt er seinen Stahl auf seines Gegners Arm;
Jezt geht er auf ihn loí, und dringt ihn durch den Darm.
Seht! wie er so geschickt den Degen weií zu fóhren.

Besteht der Adelstand vieleicht in duelliren?
Wo steht es ausgemacht, daſ der ein Ritter heist,
Der sich fein viel und oft auf Blut und Leben schmeist?
Ziert dieſ die Wappen aus, wenn sich zwei Degen hauen?
Ich hielt es wórklich eh vor wilde Bðren=Klauen.
Fðllt wohl ein toller Hund den andern also an?
Hat wohl so leicht ein Wolff dem andern leids gethan?
Wo hat ein Lφw also den andern aufgerieben?
Heist das was lφbliches, und adliches veróben?
Rðth dieses die Vernunft die uns zu Menschen macht,
Durch welche man nach Ruhm und wahrer Ehre tracht,
Daſ man Leib, Seele, Blut so schnφde soll verletzen?
Giebts keine Oerter sonst den Degen abzuwetzen?
Wallt euch der Adern Saft, und wollt ihr Kóhne seyn;
Habt ihr kein Sitzefleisch, rost euch der Degen ein,
So eilt wo Carl jezt kðmpft, schwφrt Annens
Sieges=Fahnen,
Da kφnt ihr euch den Weg zum Ehren=Tempel bahnen.
Hier zucket euren Stahl auf GOttes Feinde loſ;
Da fechtet ritterlich und fóhret Stoſ auf Stoſ,
Zerbrecht der Feinde Arm, ertφdtet die Tyrannen,
So tragt ihr grφſren Ruhm als im Duell von dannen.
Hier ist die Rosen=Bahn wo man mit Ehren ficht.
Mit Feinden kðmpft aufs Blut; mit Bródern aber nicht.
Der Tórken wilder Schwarm haſt selbt dieſ Unternehmen; (f)
Und Christen wollen sich bey solcher That nicht schðmen.

Sind Hohe=Schulen wohl gestiftet und gesetzt,
Daſ man daselbst so wild den scharfen Degen wetzt?
Solt dieses menschlich seyn, wenn uns ein Trunckner
seegnet,
Daſ man ihn voller Zorn gleich wie ein Lφw begegnet,
Vernunft, Verstand und Witz und Groſmuth unterdróckt,
Und mit ergrimmten Geist, Stab, Hand und Degen zóckt,
Und seine Boſheit kóhlt? Was schillt man die Barbaren,

Da Christen unter sich weit ðrger noch verfahren.

Wo wahr wohl die Vernunft der Alten so verblendt,
Daí sie, von Zorn ergrimmt den Nðchsten so geschðndt,
Als wie die Hφllen=Brut von Rach und Grimm jezt raset?
Wo hat man sich so gleich ein Schimpfwort angemaset?
Und wie anjezt geschieht, Processe draus gemacht?
Die Seele in Gefahr, die Hand ums Geld gebracht?
Soll dieses menschlich seyn; soll dieí vernónftig heisen,
Der Klugheit lezten Zahn aus seinem Mund zu reisen,
Damit die Raserey die That vollenden kan?
Aus Rache, Zorn und Grimm greift man den Nðchsten an,
Man schnizt so gar den Kiel, will sonsten nichts gelingen,
Und ihn, wenns mφglich wðr, um Ehr und Gut zu bringen.

Wo ist die alte Zeit mit ihrer Tugend hin?
Wo hat ein Bórger jezt so einen stillen Sinn
Wie Israels Monarch und erster Kφnig hegte?
Als bey der Salbung sich der freche Pφbel regte.
Er that, als hφrte er die tollen Worte nicht.
Ein Bórger unsrer Zeit schrie ihm ins Angesicht:
Ist dieses kφniglich? darf dieí ein Groser leiden?
Mir solte ehr ein Dolch das Herz in Stócke schneiden!
Bleib tapfrer David nur in deiner untern Welt,
Die dich zu deinem Glóck in ihrem Abgrund hðlt.
Denn soltest du dein Reich zu unsrer Zeit verwalten,
Man wórde dich gewií vor mehr als nðrrisch halten.
Hof, Adel, Bórger, Knecht, Mars und Minerven Sohn
Verlachten dein Gemóth, und sprðchen voller Hohn:
Er hat zur Zeit der Noth nicht Witz genug besessen,
Er hat sein Amt und sich und alle Ehr vergessen.
Soll das ein Kφnig sein, der andre retten will,
Und hðlt den Simei und seinen Steinen still?
Ist das ein Kriegesmann der kóhne Feinde schlðget,
Der selber Schimpf und Spott von einem Knecht vertrðget?

O Cδsar! der du dich so Groímuths voll bezeigt,
Wenn sich dein Widerpart vor deiner Hand gebeugt.
Die Groímuth hat bey dir die Rache óberwunden.
Wo wird ein Cδsars Herz zu dieser Zeit gefunden?
Jezt heists: Was Groímuth? Was? so sprach das Alterthum.
Jezt heist es: Rache her! die Ehre muí auch Ruhm
Durch ein beherztes Schwerd, und nicht durch Feigheit
suchen.
Es muí gerochen seyn; da geht es an ein Fluchen.

Ich weií zwar wohl, daí wir sehr schwach an Krδften sind,
Und daí man nicht so leicht ein stoisch Herze find,
Das Schmipf, Gewalt und Schmach und Spott gelassen
hφren,
Und alles dulten kan, wenn sich die andern wehren.
Ich weií auch, daí es schmerzt, wenn man die Tugend schilt,
Wenn man die Redlichkeit mit List und Trug vergilt,
Und auf das Ehren=Kleid der Lδstrung=Strφme gieset.
Nur daí aus diesem Grund doch dieser Satz nicht flieset,
Daí man die Menschlichkeit deswegen gδnzlich fliehn,
Und auf den Nδchsten gleich den Degen mósse ziehn.
Und denen Bestien in hitzigen Geberden,
Ja was noch schlimmer ist, im Wesen δhnlich werden.

Lebt nicht die Themis noch, die deine Klagen hφrt?
Durch die dir Hólf und Recht ohn Ansehn wiederfδhrt?
Was meinst du? kan dich nicht der Themis Arm beschótzen?
Soll denn ihr Schwerd umsonst und ohne Schlagen blitzen?
Drum fasse deinen Geist, wenn hier ein Lφwe bróllt;
Wenn dort ein toller Hund in seiner Hótte billt;
So macht es Kφnig Saul, da er zum Thron gekommen;
Er that, als hδtt er nicht die Lδsterung vernommen.
Auch David hielt sich still da Simei so scharf
Um sein gesalbtes Haupt die Laster-Steine warf.
Verfluch, verwónsche nicht; du kanst den Fluch erlangen,

Denn eines jeden Werk wird seinen Lohn empfangen.

Kans ja nicht anders seyn, so wehr dich mit Verstand.
Laſ allzeit der Vernunft in dir die Oberhand.
Glaub nicht so leicht, verzeih, und deut nicht alles bøse;
Zeig deine Groſmuth stets in ihrer wahren Grøse.
Begegne nicht dem Feind mit gleicher Bitterkeit;
Begegne ihm vielmehr mit viel Bescheidenheit,
Warn ihn vor Feind und Fall, beførdre sein Gewerbe,
Ja sorge, daſ er nicht etwann durch dich verderbe.
Vielleicht beschðmet ihn dein schøn und edles Thun,
Vielleicht lðſt er dich denn hinfort in Frieden ruhn.
So hast du dich besiegt und auch den Feind bezwungen,
Und kriegst noch grøſren Ruhm als der, so viel errungen.
Gelingt dirs aber nicht; mehrt seine Boſheit sich;
So bleibe dennoch fest und unverðnderlich,
Die Groſmuth macht zuletzt der Feinde Sðbel móde,
So wirst du dann vergnógt und lebst in stetem Friede.

* * *

Der Høchste sey gelobt! sang Davids froher Mund:
Mein tapfrer Jonathan schliest mit mir einen Bund,
Der óber alles Glóck und Frauen=Liebe gehet,
Der, wenn mich alles flieht, zu meiner Seite stehet.
Dem Himmel sey gedankt! stimmt Pythias mit ein,
Wie kønt ich glócklicher, als durch den Damon seyn?
Der mir sein redlich Herz, ja sich mir selbst ergiebet,
Und mich so treu, so schøn, so zart und feste liebet.
Es stórme Luft und Meer, es rase Glut und Wind;
Wenn wir nur jederzeit verknópft beysammen sind,
So kønnen wir die Noth, Gefahr und Todes=Rachen,
Feind, Schwerd, und was uns droht, mit frischen Muth
verlachen.
Mein Freund! mein Bruder=Herz! mein Leben! meine Brust!
Du meiner Augen=Trost! du meines Herzens Lust!

So redet Pythias, so läßt sich David hören.

Doch noch ein ander Paar will sich daran nicht kehren;
O! ho! wir leben auch spricht Joab. Ists nicht wahr?
Sind Ich und Judas nicht ein braves Brüder=Paar?
Wir leben euch zu trutz, und mehren unsre Staaten,
Wir herrschen überall, es blühen unsre Thaten.
Wo ein vertrautes Paar, wo zwey Bekannte seyn,
Da schleichen wir uns bald in die Gesellschaft ein,
Und wissen sie nach Wunsch auf ewig zu zertrennen,
Daß sie sich fernerhin dem Namen nach kaum kennen.

Was vor ein Trauer=Thon betäubt jezt Sinn und Ohr?
Man zieht, ich bin erstaunt, ein Leichen=Bret hervor:
Die Falschheit hat o Schmerz! die Redlichkeit erschlagen;
Man ist jezt im Begrif sie in die Gruft zu tragen.
Das vorgenannte Paar senkt diese Leiche ein,
Und schreibt mit frecher Faust dieß auf den Leichenstein:
Die alte Redlichkeit ist nun vom Thron vertrieben;
Der Falschheit ist allein der Scepter übrig blieben.
Schlaf liebe Redlichkeit bis einer neuen Welt,
Bis einer andern Zeit dein Bild aufs neu gefällt.

Da Deutschlands Pflug und Schaar noch vor die Enkel
sorgte,
Die Complimenten nicht von fremden Völkern borgte,
Da man noch guten Tag, und guten Morgen sprach,
Da gieng die Redlichkeit auch allen Schritten nach.
Die Worte setzte man auf keine spitzge Schrauben,
Man dachte wie man sprach, dieß dürfte jeder glauben.
Kein schnöder Heuchel=Geist schlich sich im Umgang ein:
Und Ausschlag, Herz und Mund bestand in Ja und Nein,
Daß, wer sich einmahl Freund und lieber Bruder hiese,
Auch seine Redlichkeit bis in den Tod bewiese.
Die Falschheit war so fremd als hätte man gesagt:
Das Volk von Liliput hat sich nach Wien gewagt.

Jezt, da man fast den Fuí von vielen Rδnken lδhmet,
Und sich, wer weií warum? des alten Grusses schδmet,
Ist auch die Redlichkeit und Treu und Freundschaft aus.
Durchgeht ein niedriges, durchforscht in groses Haus,
Ich weií, ein jeder spricht: Der Mensch von jungen Jahren
Hat manche Falschheit schon, der Greií noch mehr erfahren.
Wird einem Redlichen, der nie die Treu verletzt,
Ein andrer Freund im Amt an seine Seit gesetzt,
So sδt die Falschheit doch gar zeitig ihren Saamen.
Der Fremde sagt! Mein Freund! bey mir ist Ja und Amen,
Ich meine es herzlich gut, ohn allen Heuchelschein;
Ich will ein Pythias, ein andrer David seyn.
Er schmeichelt, kóít und klopft, streicht Achseln, Hδnd und Wangen,
Und spricht: Dein Umgang ist mein einziges Verlangen.

Die Worte klingen schφn, und sind wie Honigseim;
Doch diese dienen ihm zum Pech und Vogelleim,
Damit er seinen Freund und dessen Seele fδnget,
Hernach ihn δngstiget und auf das hφchste drδnget.
Durch sein so zδrtlich Thun, durch seinen sóssen Mund
Erforscht er seinen Freund und dessen Herzens=Grund,
Sein Wesen und Geschδft, und was er weií und denket;
Wohin er seinen Geist und seinen Willen lenket;

Dann schmeist er seinen Balk und seine Larve hin,
Und zeigt sein treuloí Herz und seinen falschen Sinn,
Verrδth, verfolgt den Freund, und offenbahret alles
Was zum Verderben dient, und freut sich seines Falles.
In seiner Gegenwart schwatzt man ganz Ehrfurchts=voll
Und ruckwδrts weií man nicht, wie man gnug hφhnen soll.
Des Jacobs glatter Mund und Esaus rauhe Hδnde
Die locken Anfangs schφn und tδuschen uns am Ende.
Die Falschheit nennet sich ein Diener, Sclav und Knecht,
Doch herrscht sie als Tyrann der Glóck und Ehre schwδcht.

Es ist kein Freundschafts=Band bestᵹndig und vollkommen,
Es gleicht dem vollen Licht, das stóndlich abgenommen.
Wer merkt und lernet doch der falschen Welt Betrug?
Wer wird doch nur einmahl durch andrer Schaden klug?
Gewiſ zu unsrer Zeit ist Schlangen=List sehr nótze,
Daſ man sich vor dem Fall und vor dem Unglóck schótze;
Man traue keinem nicht; man setz dem Mund ein Ziel,
Man offenbare nichts, und rede nicht zu viel.
Doch muſ uns auch darbey der Tauben Tugend zieren,
Daſ wir die Redlichkeit in unsern Herzen fóhren,
Und fern von Falschheit seyn, so machts recht deutsches
Blut,
Man meyn es redlich treu und auch von Herzen gut.
Ein redlich; aber nicht ein zu vertrᵹulich Wesen,
Soll man sich jederzeit zum Augenmerk

* * *

Die falsche Spahrsamkeit empfand den Heyraths=Trieb;
Gewann daher den Geitz zu ihrem Brᵹutgam lieb.
Dieſ Paar vermᵹhlte sich mit hφchst vergnógten Minen;
Der Schau=Platz dieser Welt must ihr zum Schlosse dienen.
Und giengs gleich hier so zu, wie in der andern Welt
Wo man nicht iſt und trinkt und offne Tafel hᵹlt,
So war doch vieles Volk, das solchen Ruf vernommen,
Von groſ und kleinen Stand zu dieser Hochzeit kommen,
Um aus des Braut=Paars Mund die nótzlich klugen Lehren,
Zum krᵹftgen Unterricht mit Sorgfalt anzuhφren.

Man rief nach Hochzeit=Brauch: lebt, wachst und mehret
euch,
Und euer Same blóh in jedem Kφnigreich!
Die Wónsche trafen ein. Geitz, Wucher und Betrógen,
Und Unbarmherzigkeit sah man als Kinder wiegen.
Sie blᵹuten ihnen ein: Folgt uns, und dem Gebot,
Seyd fromm und dient mit Ernst der Christen ihrem GOtt.

Gold ist der Christen Gott! Ich meynt, der wðr dort oben;
Ich dacht, wir mósten den als unsern Schϕpfer loben,
Der uns Brod, Wein und Vieh und Kleid und Nahrung
giebt,
Der uns erhðlt und schótzt, und uns so gnðdig liebt.
Wie? soll der HErr der Welt, dem keine Engel gleichen,
Dem todten Klumpen Erz und Arons Kalbe weichen?

Es bleibet doch gewií: Gold ist der Christen Gott!
Man weií wie sich sein Volk mit Macht zusammen rott,
Und ihm in Sód und Nord und Osten Tempel bauet,
Ihn liebt, verehrt und fórcht und gönzlich ihm vertrauet.
O! wórde Jacobs GOtt vor einen GOtt geacht,
Sein Sabbath wórde wohl zum Feyertag gemacht;
Man wórde nicht ums Geld sein Wochen=Amt verwalten,
Die Hðnde zum Verkauf und Kaufen offen halten.
Man baute nicht so stark auf Wolken, Meer und Wind,
Und schifte nicht dahin wo wilde Menschen sind.
Um mit Gefahr und Móh die Waaren zu erstehen,
Wodurch die Tugenden hernach in uns vergehen;
Wðr GOtt, und nicht das Gold der Christen liebster Gott;
Man wórde nicht ums Geld der armen Witwen Noth,
Der Waysen Klag=Geschrey durch Trug und List
vermehren,
Man wórde sie so wohl als ihre Feinde hϕren;
Man fiel nicht ums Geschenk dem bϕsen Gegner bey;
Man dróckte keinen nicht, er sey auch wer er sey;
Wðr nicht das Gold ihr Gott, man wórde sich bestreben,
Dem Wort im Testament gehorsam nachzuleben,
Das stets dem schnϕden Geitz und Geldsucht widerspricht,
Da heist es: tðusche ja kein Mensch den andern nicht:
Im Handel und Gewerb soll kein Betrug geschehen,
Recht Maí, Gewicht und Ehl soll unter euch bestehen.
Wðr nicht das Geld ihr Gott, man wórde lieber fliehn,
Als seines Nðchsten Schweií und Armuth an sich ziehn.

Man wórde nicht sein Blut gleich wie die Igel saugen;
Die Thrðnen dórften ihm nicht statt der Lauge taugen.
Er tróg was er verdient, sein heises Tagelohn,
Sein Stóckgen Kummerbrod wohl unbezwackt davon.
Er dórfte nicht so oft und klðglich darum bitten,
Und solchen Zðhren=Guí aus seinen Augen schótten.
Man machte nicht den Lohn von Tag zu Tage klein,
Und zøg und zwackte ab, wo es nur kønte seyn.
Ja wórde nicht das Geld als wie ein Gott betrachtet,
Der Arme wórde nicht in seiner Quaal verachtet,
Man schaute seine Noth mit wahrem Mitleid an,
Man hólf und diente ihm so gut es werden kan.
Ein klein und wenig Geld kønnt ihn von Tróbsaals=Ketten,
Von seiner Hungersnoth und Dórftigkeit erretten.
Es lðg kein Lazarus vor eines Reichen Thór,
Die Bløse thðt sich nicht an seiner Haut herfór,
Man spróch nicht: wilst du Geld, so must du meinen
Hðnden
Haus, Hof, Gerðth und Kleid, und was du hast, verpfðnden.
Man stellte sich wohl nicht den schlauen Juden gleich,
Und machte sich wohl nicht durch grossen Wucher reich.
Man wórde nicht durch Zins und teuflische Intressen
Dem Armen, der nichts hat, das Fleisch vom Leibe fressen.

So aber da das Herz den Diamante gleicht,
Das kein Gebeth noch Flehn, noch Klaggeschrey erweicht;
Da man so ðrgerlich nach einem Goldstóck ringet,
Bií man den todten Schatz in sein Behðltnií bringet,
Ob man gleich Seel und Leib darbey zum Pfande setzt;
Da man sich nicht an GOtt, nur bloí am Gold ergøtzt;
Da man mit diebscher Hand und mørderlichen Klauen
Des andern Góther raubt, um sich ein Haus zu bauen:
So sieht man offenbar, und findet in der That,
Daí man das todte Gold zum Gott gemachet hat.

Was red ich? hat das Geld die ganze Welt bezwungen?
Giebts denn nicht Christen noch, die mit beredten Zungen,
Von Eifer angeflammt, den Leuten insgemein,
Gerechten Vortrag thun, dem Geitze feind zu seyn?
Daí man sich nie in Trug und Wucher soll verlieben;
Daí man Barmherzigkeit am armen Nóchsten óben,
Und ihnen dienen soll, so gut man immer kan.
Es hat wohl Cicero der klug=beredte Mann
Der Sache Vortrag nie mit Worten so geschmócket,
Als es der Redekunst in solchen Dingen glócket.
Die Worte klingen gut. Jedoch man klagt mit mir:
Die schφne Theorie stellt schlechte Praxin fór.
Denn wer schφn sprechen kan, hat oft in seinen Jahren
Das mindste selbst von dem, was er geredt, erfahren.
Man zeigt nur mehrentheils, daí man ein Moralist,
(Was fehlet diesem Ruhm?) und guter Redner ist.
Denkt nicht das Volk darbey, wenns solche Redner hφret:
Was dort der klógste Mund bey dem Matthδo lehret.
O! dieses wird anjezt so gut als dort erfóllt,
Hierinnen zeiget sich der meisten Ebenbild.

Die Predigt ist vorbey, der Vortrag ist geschehen,
Man gehet stolz nach Haus und sieht zwey Arme stehen,
Die um ein wenig Brod und kleine Gabe flehn,
Wie fóhrt man sie nicht an? wie pflegt man sie zu schmδhn?
Dort wurde Lazarus so schlecht kaum abgewiesen,
Als wir zu unsrer Zeit das arme Volk von diesen
Die Christi Diener sind; was man den Armen reicht,
Das ist oft schlecht genug, und doch geschichts nicht leicht.
Ein Tropfen=Eíig=Trank aus ihren vollen Keller:
Von ihrem Uberfluí ein abgenótzter Heller;
Von ihrer Tafel last, das was der Hund nicht will,
Gehφrt vor Dórftige. Doch heists, man gebe viel,
Und sey doch selber arm, es wolte nirgends reichen.
Es reichte schon, wenn man dem Meister wolte gleichen,

Der von der Mðsigkeit und nichts von Bauchdienst hielt.

Man spricht: im Alterthum ward doch dahin gezielt,
Daí Levi und sein Volk den Opfer=Tisch genosse;
Worbey das Fett vom Oel in seine Hðnde flosse,
Und manch Geschenke fiel, manch Hebe=Opfer roch.
O! wðr doch diese Zeit mit den Gebrðuchen noch!
Da man zwar, immer nahm, und war doch frey von allem.
Jezt geht es anders zu; es muí uns wohlgefallen,
Seht! man befielt uns gar, wir sollen Gastfrey seyn.

Schweigt! wer thut einen Dienst? er sey auch noch so klein.
Ist einer noch so arm, wo wird ihm was geschenket?
Ja wenn der Dórftige an sein Gewissen denket,
Und hat den Groschen nicht, so blðht der Geitz sich schon,
Es heist: die Woche nur von eurem Tagelohn
Zwey Heller hingelegt, so kan nach neunzig Tagen
Die Hand den Groschen schon in meinen Beichtstuhl
tragen.
Jedoch es mag jezt seyn, ich bin nicht so genau;
Geht, dient mir sonst einmahl, und scheuret meiner Frau;
Bringt mir, so bald ihr kønt drey Kørbe Mist in Garten,
Bringt Eyer, Rettige; doch von den grøsten Arten.

O! wórde nun das Geld nicht also hoch geacht,
Und nicht, wie vor gesagt; zu einem Gott gemacht,
Man wórde dieí zu thun sich ohne Zweifel schðmen,
Und wahrlich mit der Hand mehr geben, als sonst nehmen.

O! wórde nicht das Gold als wie ein Gott verehrt,
Der Glaube wórde wohl so leicht nicht umgekehrt,
Man wórde nicht so viel von ungeheuren Schwøren,
Noch von Vermessenheit, und falschen Eyden høren.
Wðr nicht das Gold ein Gott, wer nðhm ein solches Weib
Das keinen guten Zahn; das einen Knochen=Leib,
Und einen Mund=Geruch wie faules Wildpret hðtte,

Zu seiner Augen=Lust, statt Fleiches=Lust ins Bette?
Wer geb den Trauungs=Ring wohl einer solchen Hand
Die schon (obwohl geheim) in môtterlichen Stand
Versetzet worden ist? Wer liebte vor die Ester,
Vor Sara und vor Ruth, der Jesabellen Schwester,
Die fast Xantippen noch an Boíheit óbersteigt?
Wer wôr der geilen Frau des Pothiphars geneigt?
Wer wórde ein Gemahl des er sich móste schôdmen,
Blind, heílich, bucklicht, lahm und sonst gebrechlich
nehmen?
Wórd eine Jungfer wohl geliebet und gekóít,
Die fragt; Ob ein Student auch wohl ein Mensche ist?
Ob Stφrche auf dem Dach mit ihren Schnôdbeln lachen?
Ja was denn Weiber wohl mit ihren Mônnern machen?
Ja wórde nicht das Gold zu einem Gott gemacht,
Es wórde wohl kein Kranz dem alten Greíí gebracht,
Der von Gebrechlichkeit gebóckt am Stabe wanket,
Der wie ein alter Bôr im Hause brummt und zanket.

Hat man des Mammons Freund und dieses Gφtzen Knecht
Den Nôchsten durch Betrug und Wucher gnug geschwôcht;
Durch Falschheit und Proceí den Redlichen betrogen;
Des Tagelφhners Blut, der Witwen Schweíí gesogen,
Und sich davon ein Haus und Wucher=Sitz erbaut,
So, daí er Aecker, Feld und Vieh und Wiesen schaut,
Und seinen Gφtzen sieht im eisern Tempel liegen,
Vor dem sich seine Knie fast tôglich eifrigst biegen;
So zeigt er, daí er ihn recht wórdiglich verehrt;
Es wird des Jahrs einmahl Haus, Saal und Schloth gekehrt.
Er glaubt, der dicke Staub verwehre Frost und Kôlte;
Es kôm am Holze bey, zumahl wenns sehr viel gelte.
Die Zimmer werden nur im Jubel=Jahr geweiít,
Dieweil die weise Farb die Augen blendt und beist,
Man kφnte ja das Geld nicht ohne Sorgen zehlen,
Es mφchte leicht ein Scherf an hundert Thalern fehlen,

Man wórde nicht das Korn im Ziní=Gemδíe sehn,
Wie leichte wδrs darbey um einen Strich geschehn.
Er zehlt, wie viele Halm des Tags das Vieh verkδuet;
Wie viel man etwa Stroh auf eine Woche streuet,
Wie viele Kφrner wohl ein Huhn des Tages fríít,
Wornach er denn genau die Sachen wiegt und miít.
Sind nun die Halme lang, die Kφrner groí und dicke
So rechnet er darnach, und zieht davon zurócke.
Er fóhlet mit der Hand wie schwer das Eyter wiegt,
Damit ihn nicht die Magd um einen Strich betrógt.
Er fóhlt die Hóhner an, wie viel sie Eyer legen,
Damit die Seinigen ihm keins entwenden mφgen.
Nicht selten jaget er die Hóhner auf das Feld,
Allwo der ganze Schwarm frey offne Tafel hδlt.
Er spricht: Wer wolte nicht dem Vieh die Freude gφnnen,
Ich selber werd hierdurch viel Frucht ersparen kφnnen.
Nicht selten, daí sein Fuí in krδftge Winkel kriecht,
Und forscht, ob auch der Koth nach seinem Weine riecht,
Er denkt, steht gleich bey mir der Keller niemahls offen,
Vielleicht schliest jemand nach, und hat daraus gesoffen.
Er sorgt, ob nicht sein Obst auch Nδscher nach sich zieht,
Drum guckt er, ob er was von Kern und Schaalen sieht.
Sein Garten wird verpacht, damit kein Kind nichts
schmecket,
Er spricht: Die rothe Ruhr wird durch das Obst erwecket.
Sind denn die Felder weií, legt man die Sicheln an,
So schmerzt ihm, daí er dieí nicht selbst verrichten kan.
Wónscht Nero seinem Volk nur einen Halí im Leben,
So wónscht er aller Hδnd, um keinen Lohn zu geben,
Und wenn der Sonnen Glut die Schnitter lδchzend macht,
So wird ein kalter Trank von Wasser dargebracht.
Es heist: Das starke Bier dient nicht in grosser Wδrme,
Es bringt das Fieber mit, und schneidet die Gedδrme.
Glaubt, Argus hat die Kuh so strenge nicht bewacht,
Als wie er Augen jezt auf seine Aehren macht,

Damit kein Armes sich an seinem Weitzen labe.
Bricht denn des Herbstes Reif des Weinstocks Blðtter abe,
Daí man die sósse Frucht vom Reben schneiden kan,
So hebt sein froher Mund ganz laut zu singen an
Und weckt die Leser auf, damit sie unterdessen,
Kein Trðubgen von dem Stock zum Labsal kønnen essen.
Wenn sich der Abend nun mit seinem Schatten regt,
So nimt er einen Stab mit dem er forscht und schlðgt,
Ob eine Reben=Frucht im Sacke anzutreffen,
Damit von seinem Grimm und Fluchen, Zank und Kleffen
Den Lesern bange wird, die vor dem Schelten fliehn,
So weií er ihren Lohn mit List an sich zu ziehn.
So sóí der Rebensaft, so angenehm er schmecket,
So weií sein Kind doch nicht die Kraft die in ihm stecket.
So sparsam hðlt er hauí; kein Trøpfgen ist so klein
Er kostets dennoch nicht; er widmet es dem Wein.
In seinem Hause wird die Sparsamkeit betrachtet;
Da wird kein fettes Huhn, noch Ganí, noch Schwein
geschlachtet.
Er meint, das viele Fett wðr in der That ein Gift,
Weil es nur vielen Schleim und kurzen Athem stift.
Auch wðr das magre Fleisch den Zðhnen nur ein Schrecken,
Es blieb zu ihrer Last in denen Lócken stecken,
Und bohrte mans heraus, so mehrt es nur den Schmerz;
Es dróckte óberdieí den Magen und das Herz.
Der braune Gersten=Trank, des Weines edle Sðfte
Benðhmen den Verstand und schwðchten Geist und Krðfte.
Bey einem Wasser=Trank und Kofend wðr man schøn,
Die Geister blieben auch in ihrem Cirkel stehn.
Ein einzig Kofend Glaí wird auf den Tisch getragen,
(Im Kruge møchte man ein stðrker Schlóckgen wagen.)
Damit er sieht, wie viel ein jeder zu sich nimmt,
Dieweil er nur dieí Glaí vor alle hat bestimmt.
Auf zweymahl wird ein Ey zur Suppe eingerieben.
Ein halb geschmelzter Kohl und ungeschehlte Róben,

(So machts die Sparsamkeit) und ein, ich weiſ nicht was,
Aus einem Kδse=Korb und alten Butter=Faſ
Genomnes Mittags=Mahl muſ Frau und Kinder stδrken,
Worbey denn allemahl viel Andacht zu bemerken.
Er singt und betet laut, und lehret stets darbey,
Daſ nur die Mδsigkeit die schϕnste Tugend sey.
Daſ man dadurch vor GOtt gerecht und lϕblich walle,
Und auch den Aerzten nicht in ihre Hδnde falle.
Aus einem Stóckgen Vieh, das man aus Noth geschlacht,
Wird nur ein Freuden=Mahl, das schlecht genug, gemacht.
Die Abend=Mahlzeit ist zur Fastenzeit erkohren.
Ein Gastmahl hδlt er ein. Was Mδuse sonst verlohren,
Und in das Korn gelegt; was ihnen nicht beliebt,
Das ist, was er statt Mehl und Brod zu essen giebt.
Mit Butter, die er oft sehr falsch gewogen schicket,
Die an ihm auf dem Markt sehr oft zum Schimpf zerdrócket,
Worbey er Zetter schreyt, und seine Haare rauft,
Und fluchet, daſ die Magd sie nicht nach Wunsch verkauft,
Mit dieser schmelzt er noch, o grosser Schmerz! das Essen.
Doch wird er nie darbey der Sparsamkeit vergessen.
Er kostet keinen Wein, als der am Fasse lδuft,
Der aus dem Spunde schwitzt, und aus dem Zapfen trδuft.
Vier Mandeln Erbsen zehlt die Hand auf einen Magen:
Denn mehr kan doch der Mensch ohn Drócken nicht
vertragen.
Zur Suppe schneidet er die Weichlen selber ein,
Nur fónfzehn sind genug. Man muſ fein mδsig seyn.
Damit ihn auch kein Freund von Fremden mϕg
beschweren,
So heisst: Es lδſt sich was in meinem Hause hϕren
Das Furcht und Schrecken macht. Sein bestes Leib=Gewand
Ist grob, denn dieses thut der Wollust Widerstand.
Sein Oberhemd wird links, und rócklings weiſ gewaschen,
So sparet er das Geld zu Seife, Holz und Aschen.
Und wird ein stóckgen Geld zur Zahlung abgetheilt;

So wird von jeglichem vorher was abgefeilt.
Ruft ihn der Christen Brauch zu einem heilgen Mahl,
So macht des Priesters Sold ihm tausend Angst und Qual.
Dahero wendt er vor: Er kønte kaum was geben,
Es wðr ihm ðrgerlich. Nach langem Widerstreben,
Greift er sich endlich an, und sendet ihm ein Kalb
Das vor dem Messerstich dem Tod schon wórklich halb
In seinen Klauen war. Kommts endlich an das Scheiden,
Soll er nun seinen Gott im Kasten ewig meiden,
So hørt er kein Gebet und frommes Singen an.
Er schreyt Verzweiflungs voll: Ach! weh! mir armen Mann!
Wie wird es kónftig hin um meinen Haushalt stehen?
Wer sorgt vor meinen Gott? O kønt er mit mir gehen!
Ja, wenn das Auge schon benebst der Zunge bricht;
So fðhrt er starrend auf, und rufet: Hørt ihr nicht:
Wo ist das Silber=Pfand? Wer rasselt dort am Kasten?
Was ist das vor ein Schelm? Wer sucht ihn anzutasten?

Auf einmahl giebt er sich den grøsten Herzens=Stoí,
Er reiít ein Spanisch Stóck von seinen Gøtzen loí
Und wirfts dem Priester hin, daí er ihn hoch erhebe,
Und in dem Leich=Sermon ein herrlich Zeugnií gebe.
Drauf stirbt er: Und dann heists: Das war ein frommer
Mann,
Der uns zum Musterbild der Tugend dienen kan!

Ein treuer Gottesdienst wird reichlich gnug belohnet,
Von dem der Vater heist und dort im Himmel wohnet.
Sein Diener wird von ihm mit einem Sinn begabt,
Der sich an wenigem sehr wohl vergnógt und labt.
Es gilt ihm alles gleich; er ist mit dem zufrieden,
Was ihm der Vorsicht=Hand an Zeitlichen beschieden.
Er schlðft des Nachts getrost, und ohne Sorgen ein.
Er macht sich im Verlust nicht grosse Quaal und Pein.
Weil seine Seele weií, GOtt hab es ihm geliehen.

Was er ihm erst geschenkt, das kann er ihm entziehen.
Er lebt wie ein Monarch, sein Geist ist Banden frey,
Und zeiget, daſ er gar kein Sclav des Goldes sey.
Er herrschet ober sich und seine Glóckes=Gaben,
Er macht sie sich zu nutz, und sucht sich dran zu laben.
Sein Sterben föllt ihm auch nicht ǒngstlich oder schwer,
Ihm parentirt der Ruf, das ganze Tugend=Heer,
Und spricht: Ein GOttes Knecht ist leider! jezt gestorben,
Der sich ein Ehrenmaal und stetes Lob erworben.

Was hat denn aber wohl vor seinem Gǫtzen=Dienst
Der arme Mammons=Knecht vor Nutzen und Gewinst?
Was kan ihm dann sein Gott das Gold vor Freude geben?
Nichts als ein Kummerreich und Hungervolles Leben.
Er schlöft mit Sorgen ein. Die Nacht wird ihm zur Last,
Er föhrt mit Schrecken auf, und ruft, und schreyt: wer faſt,
Wer greift die Schlǫsser an? Es ist ein Dieb vorhanden.
Ach! rettet meinen Gott, und helft mir von den Banden.
Kein Laban kan so sehr um seine Gǫtzen schreyn,
Kein Nabal auf sein Brod so sehr erbittert seyn,
Als dieser sich geberdt. Wird ihm ein Lamm gestohlen,
So will er schon den Strick sich aufzuhengen hohlen.
Des Tages ist er nie mit seinem Schatz vergnógt,
Obschon des Vorraths gnug vor seinen Augen liegt;
Er darf das Regiment nicht ober sich verwalten;
Er muſ dem tauben Gott als Sclave stille halten;
Er darf auf keinem Bett von weichen Federn ruhn;
Er darf von seinem Vieh sich nichts zu gute thun;
Er darf kein reines Brod, noch Bier, noch Wein genieſen;
Er muſ bey Hungerkost fast Thrǒnen lassen flieſen,
Er iſt, und wird nicht satt, er sammlet, und ist arm,
Sein ganzer Lebenslauf ist Elend, Móh und Harm.
Und endlich ruft ein Mund von der gestirnten Zinne:
Du Gǫtzen=Knecht! du Narr! halt mit dem Geitzen inne!
Es klopfet schon der Tod an deine Kammer=Thór;

Man fordert diese Nacht noch deine Seel von dir.
Du Narr! wem wird dein Gut das du biſher auf Erden
Mit Angst gesamlet hast, nunmehr zu Theile werden?

Ist dieſ, ihr Thoren! nun benebst der Höllen Glut
Der Lohn vor euren Dienst? bedenkt doch, was ihr thut!
Glaubt, daſ die Erben euch im Todte noch verlachen,
Und sich ein fettes Maul durch euren Hunger machen?
Daſ euch, wie ihr verdient, die kluge Welt verspott:
Seht! dieser Mammons=Knecht verehrte einen Gott,
Allein er half ihm nichts, er blieb ihm nicht gewogen,
Am Ende hat er ihn um Leib und Seel betrogen.

* * *

Was schlieſt sich vor ein Grab und finstrer Bogen auf?
Ich seh ein Geister=Heer! ja! ja! es steigt herauf.
Ich kenne sie bereits, mein Schluſ wird schwerlich fehlen,
Es sind, ich irre nicht, der tapfren Parther Seelen.
Hier schreyt ein Mann mich an, dort ruft ein andrer Geist:

Ihr Deutschen! die ihr klug, gelehrt und Christen heist,
Ihr, denen dieſ Gesetz GOtt selber vorgeschrieben:
Daſ ihr euch jederzeit im Fleiſ und Arbeit óben,
Im Schweiſ des Angesichts das Brod erwerben solt,
Wie man euch töglich lehrt, wenn ihrs nur hören wolt.
Ihr sprecht: Wir wären wild; ihr sucht uns zu vernichten.
O nein! wir thaten stets als Heyden unsre Pflichten;
Ihr habt Natur und Licht, Gesetze und Befehl,
Und gleichwohl thut ihrs nicht, und seht darzu noch
scheel.
Wir merkten von Natur, daſ dieſ ein Schandfleck wäre,
Wenn man durch Móssiggang der Tugend Glanz verlöhre.
Es gab uns die Vernunft die gute Meinung ein:
Es mösse jederman zum Fleiſ geschaffen seyn.
Es mösse einen Gott und Welt=Beherrscher geben,

Der stets geschöftig ist, indem wir sind und leben,
Der alles ordentlich mit Kunst und Fleiß bestellt,
Und alles uns zu Nutz noch immerdar erhölt.
An Vøgeln sahen wir, wie sie so munter wachten,
Wie sie vor Brut und Nest sich viele Sorgen machten.
Das kleine Immen=Volk hielt uns die Støcke fór,
Und rief uns gleichsam zu: verhaltet euch, wie wir.
Dort lag der Seidenwurm, der immer fleisig webte,
Und dennoch nicht vor sich, nur uns zu Dienste lebte.
Wir sahen unsern Leib nebst seinen Gliedern an,
Wie er mit Geist und Kraft und Störke angethan,
Und ausgeschmócket war. Wer solte sich nicht schömen?
Wer wolte trøge seyn, die Arbeit vorzunehmen?
Wir fóhlten Störk und Kraft in Lenden, Hand und Knie,
Die Biene saí nicht viel, und war doch nur ein Vieh.
Dieí trieb uns feurig an, wir wurden alle schlóssig,
Es gieng kein einziger von unsern Parthern móssig.
Kein Draco von Athen war uns zum Antrieb noth;
Wir hielten von uns selbst, was die Natur gebot.
Kein Sparta noch Athen hielt sein Gesetz so richtig,
Als jeder von uns that, der nur zur Arbeit tóchtig.
Aurorens Purpur=Roth lacht uns kaum schimmrend an,
So waren wir bereits mit Kleidern angethan.
Wer vor des Landes Glóck, der Bórger Wohlstand wachte,
War emsig, daí er bald die Sachen richtig machte.
Er gieng sehr fróh zu Rath und wieder spøt davon,
Und trug von Stadt und Land des Fleisses Lob zum Lohn.
Der Bórger freute sich, wenn Zeit und Glóck vergonnte
Daí er die rege Hand zur Arbeit widmen konte.
Die Jugend wuste schon von selbst auch dieí Gebot,
Kein Knabe unter uns bekam sein Morgenbrod
Er hatte den vorher mit Arm und Pfeil geschossen,
So, daí der Schweií davon das Angesicht begossen.
Ein jedes Jungfer=Bild und angesehnes Weib
Ergrif Geschöft und Móh zum besten Zeitvertreib.

Sie liefen nicht herum und klatschten auf den Gassen.
Kurz, alles war bemóht dem Mósiggang zu hassen.

Wie aber treffen wir denn eure Sitten an?
Es dachte unser Volk ihr giengt uns weit voran,
Dieweil ihr weií und klug und Christlich sucht zu heisen,
Als Leute von Verstand, die ihren Schφpfer preisen.
So aber finden wir daí alle groí und klein,
Kind, Vater, Frau und Mann der Trδgheit Freunde seyn.
Wir thun was lφblich ist; wo thut ihr wohl dergleichen.
Drum eckelt uns vor euch; ihr móst uns billig weichen.

Man sagt im Sprichwort sonst: Der Morgenrφthe Licht
Das voller Glanz und Strahl in Fórsten Schlφsser bricht,
Wird nicht von Prinzen leicht in ihrer Pracht gesehen;
Warum? sie pflegen oft am Mittag aufzustehen.
Jezt aft ein Bórgermann der Fórsten Mode nach,
Wenn um die Mittagszeit die Sonne das Gemach
Mit ihrem Strahl erfóllt, so weltzt man noch die Glieder,
So dehnt man noch die Arm im Bette hin und wieder.
Es macht dem Geist viel Móh, daí er den Willen bricht,
Daher man Thee, Caffee, ja Tobac, Pfeif und Licht
Gar oft ins Bett verlangt. Und wenn man auferstehet,
So heisst: O! daí die Nacht so bald, so schnell vergehet.
Man klagt die Móh und Last des Lebens schmerzlich an,
Wenn man der Hδnde=Paar, den Mund benebst den Zahn
Zur Tischzeit regen soll. Ja was vor bittre Schmerzen
Fóhlt man in seiner Brust, empfindet man im Herzen,
Wenn man zu Facultδt und Richtstuhl wandern soll;
Wenn man zu Rathe gehn, wenn man drey Finger voll
Von Acten lesen muí. Wenn man auf Red und Fragen
Von Amt und von Beruf soll eine Antwort sagen.
Muí etwa der Client um Rechtliches verziehn,
Bey dem gelehrten Mann sich voller Angst bemóhn,
Und um was weniges fast tδglich an ihm regen.

So seufzt man: Ist doch Móh und Arbeit allerwegen.
Kein Knabe, wenn man schon die schlanke Birke regt;
Kein Mann, wenn ihn die Frau an ihrem Reichstag schlðgt,
Kan sich so jðmmerlich geberden oder stellen,
Als ihm die Thrðnen hier aus seinen Augen quellen.
Da wónscht er, tobt und flucht: Wie wird man nicht geplagt!
Ja wohl, so fðhrt er fort, hat David recht gesagt,
Daí Arbeit, Móh und Last bey unserm Leben wðre:
Daí Haupt=Schmuck, Rock und Kleid auch seine Last vermehre.

Das grose Licht der Welt theilt sonst die Stunden ein,
Und ordnet wenn es Tag, und wenn es Nacht soll seyn;
Allein der Móíggang setzt andre Zeit und Grðnzen,
Wenn um die Morgenwach Aurorens Strahlen glðnzen;
So liegt und schlummert er noch in der ersten Ruh.
Deckt aber alles Fleisch ein stiller Schatten zu,
So pflegen allererst die Augen aufzuwachen,
Da will man erst ein Stóck von Schrift und Acten machen,
Und denkt nicht, daí man sich das schœnste Licht verblendt,
Wenn man ein Fremdes braucht, und Geld darzu verschwendt.

Ihr Lehrer von Athen! ihr alt beróhmte Weisen!
Wie glócklich seyd ihr nicht vor aller Welt zu preisen,
Weil eurer Schóler Geist um Pallas Rauch=Altar
Und um den Musen=Hayn still, klug und emsig war?
Kein ferner Weg, kein Schweií, kein stark und móhsam Schwitzen,
Kein ungebundner Fleií, kein weises Stillesitzen,
Noch Lesen ward gespart; man rang nach Kunst und Ruhm,
Und schmóckte durch den Fleií der Musen Heiligthum.

Wo ist der stille Fleií der Alten hingekommen?

Weint Musen! denn er wird jezt nicht wie vor vernommen.
Kommt Musen! klagt und seufzt, denn euer Helicon
Beschimpft der Trøgheit Freund, befleckt der Faulheit Sohn.
Wer hørt Aurorens Mund den guten Morgen sagen?
Wer kan das Sitzefleisch bií in die Nacht vertragen?
Wird Strøusand wohl so viel als Schnupftoback verthan?
Wer greift die Federn mehr als lange Pfeiffen an?
Der Karten Menge muí der Bócher Zahl ersetzen;
Den Degen sucht man jezt mehr als den Kiel zu wetzen.
Ein bløckendes Geschrey geht Musen=Liedern fór.
Der Lais freche Stirn wird aller Musen Zier,
Ja selbst Eusebien und Themis vorgezogen.

Ja, spricht ein Edelmann: Wer Bórger=Milch gesogen,
Der mag ein Bócher=Wurm und kahler Schulfuchs seyn,
Und an dem todten Mund der Pallas sich erfreun.
Das thut kein Adlicher. An statt der Bórger Grillen,
Soll ein lebendig Buch uns Schooí und Hønde fóllen.
Wir stellen unserm Geist ein aufgefóhrtes Thor,
Die Steine in der Stadt als unsere Feinde vor,
Da suchen wir beherzt die Degen abzuwetzen,
Und sie als wie im Krieg, auf ørgste zu zerfetzen.
Und also zeigen wir, eh sich der Krieg noch regt,
Zum voraus wie man kømpft, und auf die Feinde schløgt.
Wer nennt es wohl galant, wenn man im Winkel lebet,
Und wie ein Seidenwurm sich unter Bócher grøbet?
Gescherzt, getanzt, gelacht, gesungen und gespielt,
Auf einer Lais Mund die Hitze abgekóhlt,
Getrunken und gefezt, das heist galant gewandelt,
So hat mein Oheim sonst und Ahn=Herr auch gehandelt.

O! schlóge mir mein Wunsch und Sehnen jezt nicht fehl,
Schlφí sich zu dieser Zeit das herrlichste Serail
Des grφíten Kønigs auf, wie viele kluge Frauen
Und Jungfern wórde man in seinen Mauren schauen.

71

Wie lobt nicht Salomo des Frauenzimmers Zucht,
Wenn es den Móssiggang mit allen Ernst verflucht.
Wenn Nadel, Zwirn und Flachs und kluges Hausregieren
Der Frauenzimmer Arm mit munterm Fleiíe zieren?
O weisester Monarch! jezt wórde man dein Haus
Von Arbeit ledig sehn; ich weií, man rufte aus:
Hat denn der Kφnig sich und uns so gar vergessen?
Wie? soll sein Frauenvolk? wie? sollen die Maitressen
Vor Rahm und Rocken stehn? Der Kφnig braucht den Leib
Zu seiner Augen=lust, zu seinem Zeitvertreib,
Uns aber will er nicht die kleine Lust vergφnnen,
Daí wir spazieren gehn, und uns ergφtzen kφnnen?
Wie? sollen wir das Brod das unser Mund verzehrt
Verdienen, daí die Hand sich also selber nehrt?
Wer unsern Leib genieít, der mag uns auch versorgen,
Und solt er selbt das Geld zu unsrer Tafel borgen.

Wo ist zu dieser Zeit ein Weib, das groí und reich,
An Wirthschaft und an Fleií der schφnen Sara gleich?
Wo ist ein edles Kind in unsern deutschen Auen
So hδuílich, so geschickt als Jacobs Braut zu schauen?
Tabeens nette Hand, ihr kónstlich kluger Fleií,
Erhielt wohl schwerlich jetzt den Thrδnen=reichen Preií.
Den noch ihr Toden=Bret und Leichen=Tuch genosse,
Indem ein Zδhren=Bach aus vielen Augen flosse;

Es ist nicht mehr die Zeit da man nur wenig schlief,
Und bald nach allen sah, nach allen selber lief,
Den Kindern und Gesind des Fleises Beyspiel wiese,
Und sich auf andre nicht, nein, auf sich selbst verliese.
Was kostets nicht vor Móh, eh man um Zehn erwacht,
Kleid, Wδsche, Band und Schu zum Anzug fertig macht?
Wie stiehlt man nicht die Zeit, wenn man die Haare stutzet,
Und seine freche Stirn zur Lust und Hoffart putzet?
Des Fensters ofnes Glaí, so mancher Pflaster=Trit,

Thee, Wein, Caffee und Spiel nimt Zeit und Tugend mit.
O! wie wird nicht die Zeit so liederlich verschwendet,
Wenn sich der Plauder=Mund zur Nachbarinnen wendet?

So schφn Lucretia, so groí, so reich sie war,
So wieí sie doch der Welt und zeigte offenbar:
Daí Wirtschaft, Fleií und Móh kein reiches Weib beflecke,
Vielmehr Huld, Ehre, Gunst bey jederman erwecke.

Ich hφre schon wie mich das Frauenzimmer schimpft;
Und óber meinen Reim die Nase hφhnisch rómpft.
Ich hφre albereits, wie sie so sinnreich schwatzen,
Wie sie Elihu gleich von Weisheit mφchten platzen.
Man hδlt mir klóglich fór: Wie manches Wunderwerk
War in der alten Zeit ein herrlich Augenmerk;
Wie manche Krieges=Kunst gieng ehedem im Schwange;
Wer weií die Mode nicht, wie mancher lief und sange
Wenn hier ein Hochzeit=Fest und dort ein Einzug war;
Wenn eine Kreisende ein Kind zur Welt gebahr.
Wie die Philosophi vordem die Weisheit trieben;
Wie sie so wunderlich von Erd und Himmel schrieben.
Wie ward die Policey und Richter=Amt bestellt?
Drum weil denn nichts besteht und ewig dauer hδlt,
So ist dieí alles auch von Zeit zu Zeit verschwunden.
Wie viel vortrefliches hat unsre Welt erfunden?
Man kriegt, man lehrt, man baut nicht mehr wie ehedem,
Man ordnet, schaft und macht so wie es uns bequem,
Und jezo Mode ist; sind nun der Mδnner Stunden
Und Moden jezt nicht mehr ans Alterthum gebunden;
So sind wir ebenfals von alten Sitten loí.
Wo war vordem ein Weib wie jezt am Geiste groí?
Wie niedertrδchtig hieí ihr Wandel, Thun und Wesen,
Da sie den Schδferstab, den Wasser=Krug und Besen
Getragen und gefóhrt; wenn sie den Flachs geklopft,
Die Kuchen selbst geknett, die Brunnen selbst verstopft,

Die Sichel angefaſt, wenn man die Garben bande?
Ziert das ein Frauenbild von reich und gutem Stande?

Jezt aber lebet man manierlich und galant,
Den Mðnnern nicht zum Schimpf, nein, sondern mit Verstand.
Wer wird die Schlóſſel stets an Arm und Hðnden fóhren?
Und seine zarte Hand mit allem selbst beschmieren?
Der Kóchen=Rauch beiſt nur die schϕnen Augen roth,
Worbey gar bald ein Fall dem Fuſ im Laufen droth.
Davor ist Knecht und Magd, daſ sie das Haus verwalten,
Wir aber lange Ruh und lange Tafel halten.
Davor sind Kramer da, wo man die Kleidung findt,
Davor giebts Mðdgen gnug die uns zu Dienste sind.
Die Mðnner wollen Herr und Haupt und Vðter heisen;
So móſſen sie sich auch nothwendig so beweisen,
Wie dieses Wort verlangt, daſ man uns Lebens=Saft,
Und was wir irgend noth, ohn unsre Arbeit, schaft.
Ein Weib muſ sich doch auch ein Stóndgen Ruhe schenken,
Und ihre Geister nicht durch Móh und Arbeit krðnken.
Wer dankts uns Weibern denn, was wir mit Móh erspart,
Was wir mit Fleiſ geschaft? ists doch der Mðnner Art,
Daſ man uns immer schraubt: Wir kϕnten nichts erwerben.
Wohlan! so laſt uns dann bey guten Stunden sterben.
Wird uns Lucretia zum Muster vorgestellt?
O lacht! dieſ Muster zeigt die Thorheit alter Welt.
Denn hðtt Lucretia in Compagnie gesessen,
Darbey den Rocken, Rad und Mðgde Fleiſ vergessen,
So hðtt Tarquinius sie nicht so schϕn geacht,
Sich nicht in sie verliebt, und seine Lust vollbracht.
Sie wðre nicht durch Stahl und Eisen abgefahren.
Nein! nein! wir wollen uns vor der Gefahr bewahren.
Wir spielen lieber mit und folgen ihr nicht nach;
So óberfðllt uns nicht dergleichen Ungemach.

August der Rømer Schmuck, August die Zier der Prinzen,
August der mȯchtigste an Staaten und Provinzen
Erkannte doch darbey, wie falsch das Schicksal wᴆr;
Daí Scepter, Kron und Reich, Glóck, Reichthum, Macht und Ehr
Die Unbestȯndigkeit als seine Schwester kósse,
Daí man vom Thron und Glók oft schnell herunter mósse.
Drum sprach sein kluger Mund zu seiner Julia:
Prinzeíin! ist euch schon das grøste Glócke nah;
Seyd ihr die Herrlichste von allen Fórsten=Kindern;
So denkt nur allezeit, das Glóke kan sich mindern.
Hat nicht schon ehedem so mancher Fórst regiert,
Den alle Herrlichkeit und alle Macht geziert,
Allein wo ist sie oft so pløtzlich hingekommen?
Hat ihm das Schicksaal nicht dieí alles abgenommen?
Daí wer der grøste war, und oft der reichste hieí,
Sich endlich elend, arm und niedrig sehen lieí.
Dieí stell ich mir auch vor; dieí schwebt mir in Gedanken,
Wie leichtlich kan mein Glóck und meine Krone wanken;
Wie leicht støít mich das Glóck vom Scepter, Reich und Thron,
Und jagt mich ebenfals wie andre arm davon?
Drum liebste Julia: ihr møget euch bey Zeiten
Auf Unglóck, Noth und Fall vernónftiglich bereiten.
Flieht stets den Móssiggang, verschwendet keinen Tag,
Arbeitet was die Hand und ihre Kunst vermag,
Ihr wóst nicht, ob euch nicht noch eure Hȯnde nehren.
So lieí ein Kayser sich bey seiner Tochter høren!
So sprach auch Kayser Carl (g) zu seinen Tøchtern oft:
Flieht stets den Móssiggang, wie bald und unverhoft
Kan mich des Schicksaals Macht vom Thron ins Elend jagen.
Drum schickt euch auf den Fall bey annoch guten Tagen.

Wo ist zu dieser Zeit ein Bórger=Weib und Kind

Wie dieser Fórsten=Zweig geartet und gesinnt?
Wer denkt an seinen Fall, und an des Glóckes Schlδge,
Daſ er sich vor der Zeit darzu bereiten mφge?
Wer kφmmt der Armuths=Last durch klugen Fleiſ zuvor?
Wer haít den Móssiggang, und hebt die Hand empor,
Daſ sie sich in der Zeit zu jeder Arbeit lenke,
Damit es ihr nicht einst in schlimmen Tagen krδnke?

O! hδtte manches Weib, das sonst auf Kóssen saí,
Und ihres Leibes=Lδng auf Schwanen=Federn maí,
Sich vor der Zeit bequemt den Móssiggang zu meiden,
Vielleicht tróg sie noch jezt ein reinlich Kleid von Seiden;
Vielleicht rief nicht ihr Mund nach Wasser, Salz und Brod;
Vielleicht wδr wohl ihr Aug nicht jezt von Thrδnen roth.
Man wórde sie vielleicht anjetzo nicht verlachen,
Und sprechen: seht! sie lernt die Sachen anders machen.
Sonst grif sie nicht vor sich den kleinsten Finger an;
Jezt aber dienet sie mit Arbeit jederman.

Ich tadle nicht wenn sich ein Frauenbild bestrebet,
Daſ sie nach ihrem Stand in ihrer Arbeit lebet,
Daſ sie nicht φffentlich die Hand zur Arbeit reckt
Wodurch sie Vater, Mann an seinem Stand befleckt.
Daſ sie die Hδnde nicht wie eine Magd gebrauchet;
Und wo's nicht nφtig ist, die Hand in Lauge tauchet;
Daſ sie zur Reinlichkeit ein Stóndgen an sich wendt;
Nur dieſ ist mir verhaít, wenn man den Tag verschwendt.
        (Sinnen
Wenn man den {Hδnden nicht zur Arbeit Flógel giebet,
        {Fóssen
Und nur der Schnecken-Brauch und ihre Mode liebet;
Wenn man die Arbeit so, als wie die Schlangen scheut.
Wenn man stets seufzend klagt: wie lang wird mir die Zeit!
Ich weiſ vor Einsamkeit, ich weiſ vor langer Weile,
Fast nicht, wohin ich jezt mich zu vergnógen eile.

Ein klug und fleisig Weib klagt vielmehr allemahl:
Wie ist mir doch die Zeit so schnell, so kurz, so schmahl;
Wenn ich vier Hδnde doch und so viel Fósse hδtte!
Die Hδnde eifern fast und streiten um die Wette.
Ihr seltner Gassen=Trit hδlt ihr die Kleidung schφn;
Und lehrt sie auf das Haus und ihre Kinder sehn,
Damit sie in der Zucht und Furcht erhalten werden.

Wie glócklich ist der Mensch der auf dem Kreií der Erden
Der Klugheit Regel folgt, die ihm die Lehre giebt;
Der ist beglóckt und reich, der Fleií und Arbeit liebt.
Es freuet sich sein Geist wenn er bey sich erweget,
Zu diesem Glóck hat mir mein Fleií den Grund geleget.
Durch ihn erhielt ich bloí der Fórst= und Menschen Gunst.
Ich fand durch ihn den Weg zu mancher raren Kunst.
Es kennen mich durch ihn die klógst= und grφsten Hδuser.
Der Fleií band mir den Kranz und diese Lorber=Reiser.

* * *

Die Ehre ist ein Trieb der angebohren ist;
Die Ehre ist ein Ziel wornach ein Weiser schieít;
Ein Kluger ist bemóht, mit Ernst darnach zu ringen,
Und sich durch Móh und Fleií erwónscht empor zu
schwingen.
Sein Geist bestrebet sich um des Monarchen Gunst,
Von welchem alles Glóck, Macht, Ehre, Reichtum, Kunst
Und Tod und Leben kφmmt. Er ringt nach solchen Sitten,
Wodurch der Fórst der Welt bekδmpfet und bestritten
Und óberwunden wird. Er ist in sich vergnógt,
Wenn er sich óberwindt und seinen Muth besiegt.
Wo eine Tugend ist, und wo ein Lob regieret,
Dem jagt er ernstlich nach, damit ihn solches zieret.
Den Degen zócket er auf kφniglich Geheií,
So tapfer als auch klug zu seines Fórsten Preií,
Dem Vaterland zu Nutz, und nicht aus eignem Willen,

Wie mancher raít und thut, nur seinen Zorn zu stillen.
Ein Weiser óberhebt sich seines Adels nicht,
Daher er nicht so gleich von Bógern spꝍttisch spricht!
Er zeigt sich jederman mit Freundlichkeit und Góte
Und unterdróckt den Stolz in seiner ersten Blóthe.
In Demuth sucht er Ruhm in Niedrigkeit die Pracht,
Die ihn beróhmt, beliebt und groí und glócklich macht.
Sein Geist bemóhet sich den Fórsten treu zu heisen.
Sich allezeit gerecht und lꝍblich zu beweisen.
Er will sich durch sich selbst und nicht durch Geld erhꝍhn;
Nicht um ein leeres Amt und Hunger=Titel flehn.
Er trachtet mit Vernunft die Feder so zu schnitzen,
Damit er wórdig sey die Ehre zu besitzen.
Nach solchem Stolz und Ruhm, nach solcher Ehren=Bahn,
Strebt ein bescheidner Geist und klug und weiser Mann.

Die Welt aft allen nach, sie prahlt mit falschen Steinen,
Schleift Glóser; die gar oft als Diamanten scheinen.
Der falschen Perlen Glanz vertrit der wahren Ort,
Das rein und óchte Gold muí oftmals heimlich fort,
Und glónzendes Metall an dessen Stelle kommen.
Doch der Betrug wird bald von Kennern wahrgenommen.

Die wahre Ehre strahlt in ihrem eignen Licht,
Da es der nórrschen Welt an óchtem Glanz gebricht.
Wer kan wohl ganz gewií, mit áberzeugung schwꝍren,
Daí ihm der Adel=Brief und Wappen zugehꝍren.
Die Leute sagens wohl, der Vater glaubt es zwar,
Doch lacht die Mutter oft, die ihn zur Welt gebahr.
Wer weií, welch geiler Kerl ein Neben=Bett gehalten?
Es giebt ja Leute gnug die gern dieí Amt verwalten.
Wer weií, wie mancher Knecht die edle Frau gekóít,
Von dessen Bauren=Blut das Kind entsprungen ist.
Doch lassen sie sich mehr als Bórger=Kinder dónken,
Die gleichsam als ein Koth vor ihren Nasen stinken.

Die Ehrlichsten des Volks, die Wórdigsten der Stadt,
Und wer ein gutes Lob und Gunst und Liebe hat;
Die heist man Bórger=Pack; man kan sie fast nicht leiden,
Man sucht sie wie die Pest und sonst noch was zu meiden.
Man fragt mit stolzen Mund im Umgang ganz genau:
Ist das ein Cavalier? dieí eine gnδdge Frau?
Fδllt dann die Antwort nein! so fragt man mit Errφthen;
Wie kφmt es? ist den Saul auch unter den Propheten?
Die Ehre heiset mich auf meinen Adel sehn,
Es schickt sich nicht vor mich mit Bórgern umzugehn.
Ein Junker, der nichts mehr als seine Stute kennet,
Worauf er in das Feld nach denen Haasen rennet,
Und bricht mit seinem Witz in diese Worte aus:
Poz Felten! o Charmant! Sie haben dort hinaus
Vortreflichen Respect; ein Weib von solchen Saamen,
Die nur von ihrem Vieh, von Wetter, Puz und Rahmen
In der Gesellschaft spricht; ein Weib das herzlich lacht,
Wenn ihr Bedienter ihr ein sósses Kurzweil macht;
Ein Frδulein welche fast in Evens Kleide gehet,
Und in der Ordens=Zunft der Minoritten stehet,
Die sag ich, schimpfen noch die Wórdigsten im Land,
Und reden voller Hohn vom wackern Bórger=Stand.

Ist schon das Ritter=Gut durch ihre Pracht verschwunden,
So hat der dumme Stolz doch noch sein Schloí gefunden.
Wer nicht stets Gnδdge Frau, und Ihro Gnaden spricht,
Der wird als grobes Pack aufs δrgste ausgericht.
Wenn sie das Sonnen=Licht mehr als die Eiche hitzet;
Und man vor heiser Angst die kalte Tropfen schwitzet,
Weil sie der Secten Schwarm der Manichδer plagt,
Wenn gleich der Junkern Mund ganz unaufhφrlich klagt:
Herr Vater! ach mich dórst! ach gnδdige Frau Mutter!
Ich bitte nicht um Fleisch, um Kuchen, oder Butter,
Ich bitt und flehe nur um schwarz und trocken Brod,
Nur wie ein Finger groí, nur von gar wenig Loth.

(Papa klingt viel zu schlecht: es heiſt, sprich: Ihro Gnaden!
Wo nicht, so soll es dir an Brod und Kofend schaden.)
So lassen sie doch nicht bey ihrem Pilgrims=Stab
Von solchen Narren=Stolz und Thoren Hochmuth ab.

Dieſ reizt die Bórger an, die Ehre zu betrachten,
Da sie doch ihren werth, durch solchen Trieb verachten.
Ein Bórger, der das Mark aus Land und Bórgern sog,
Der seinen frommen Herrn mit List und Schein betrog.
Erkauft den Ritter=Stand, und lőſt sich adlich nennen;
Da ihn die Tugenden des Adels doch nicht kennen.
(Das ist schon edel gnug, wenn ihn das Volk begehrt,
Und spricht: Der ist getreu; der ist des Glóckes werth:)
Ein Bórger, welcher sich durch Korn und Haber messen,
Durch ausgedehnte Ehl und Jódische Intressen,
Und durch den Pfeffer-Staub groſ, reich und stolz gemacht,
Wenn er nach Adel=Brief und Ritter=Wappen tracht;
Ein Bórger, welcher sich nach Hunger=Titteln dringet,
Durch seinen neuen Staat das alte Gut verschlinget;
Und durch dieſ Ehren=Thor in Noth und Schande főllt;
Heist dieſ der Ehre wohl vernónftig nachgestellt?

Ein Mann der einen Grad der Ehre kaum erblicket
Verlangt, daſ jeder sich aufs tieffste vor ihm bócket,
Vermeint daſ seine Ehr durch einen holden Trit,
Durch Freund= und Hφflichkeit nur Schimpf und Anstoſ
litt.

Verliehrt die Ehre sich durch Freundlichkeit und Góte?
O nein! man sieht vielmehr, daſ ein beliebt Gemóthe,
Ein allzeit hφflicher und Sittenvoller Geist,
Fast aller Menschen Gunst und Liebe zu sich reist,
Ein jedes róhmet ihn, und spricht zu seinen Ehren.
Dieſ, und kein stolzer Muth kan wahre Ehre mehren.

Ich weií, es lacht mit mir die ganze kluge Welt,
Wenn ein gebróster Mann auf diesen Wahn verðllt
Sein Titel sey etwas, den er doch darum fóhret,
Weil er die Gassen=Vϕgt und Bettler gubernieret.
Ein Jubelier der sich von Feuersteinen nennt;
Ein Commissarius, der wenn es etwa brennt,
Die Spritzen ordnen darf; der Kiel und Feder fóhret,
Wenn man ein Huren=Kind als ehrlich tituliret;
Ein Kaufmann neuster Art, bey dem man alles findt,
Und was denn wohl vors Geld? den allerschϕnsten Wind.
Drey Bóchsen voller nichts; vor acht und vierzig Kreuzer
Zwey Quintgen fettes Schmalz aus dem Gebórg der
Schweizer.
Ein halb Pfund Mandelkern ein halber Zucker=Hut,
Vier Stóck Muscaten=Nuí, die alt, und folglich gut;
Sechs Dachte, welche rein, und schϕn und auserlesen,
Ein ganzes Schwefel=Pack, ein Dutzend gute Besen;
Ein Mann der nur den Kiel vor Vormunds=Rechnung fóhrt,
Der seine Hauptmannschaft mit samt dem Schmauí
verliehrt,
Vor ein Philister=Rohr, vor Born und Wache sorget;
Ein Mann der Hólfreich lauft wenn jemand Gelder borget,
Die sag ich, ðllt mir nicht ein jeder lachend bey?
Die machen oft von sich ein groses Luft=Geschrey.
So wohl beym Aufgeboth als Tod= und Leich=Gepðnge,
Erschallen óberall der Titel grosse Menge:
Davon ein jeder doch so schϕn und artig klingt,
Daí einem bald vor Scherz der Bauch in Stócken springt.
Sie kϕnnen schon das Amt des Vomitivs verwalten,
Ich muí, mir eckelt selbst, den Mund schon veste halten.

Dieí Volk ruft frech und stolz: Ich seh auf Ruhm und Ehr;
Wo wóste sonst die Welt wie ich zu nennen wðr;
Ich fordre meinen Rang; denn wer nicht auf sich siehet,

Und sich um Glanz und Ruhm und Ansehn nicht bemóhet,
Und nicht was auf sich hólt, der wird auch nicht geacht,
Ihm wird kein Compliment nach seinem Wunsch gemacht.

Wie sieht man nicht die Welt vor falscher Ehrsucht rasen?
Drum klagt man, daſ das Feld und Wald so leer von Haasen
Zu unsern Zeiten ist, dieweil man in der Stadt
Dergleichen artig Vieh mit zweyen Fóssen hat.

Die Ehre, vor der Welt bekannt und klug zu heisen;
Der Ruhm, ein Zeitungs=Blat den Knaben aufzuweisen,
Das ihren Nahmen meldt, lockt viele Thoren an,
Daſ sie ihr Hirngespinst, was der verderbte Wahn
In ihre Feder flφſt, so nórrsch die Worte klingen,
So Wiegenhaft es riecht, der Welt zu Markte bringen,
Wie Lohrgen dort gefehlt; was Dorilis geschwazt;
Wie Phillis ihrem Mann Aug, Mund und Bart zerkratzt;
Was Strephon wiederfuhr, da er ein Krðutgen suchte;
Wie scharf Luppinens Mund den falschen Buhlern fluchte;
Was Thalon aufgesetzt, was jene Frau gewust
Die bey der Wiege saſ; wie stark der Floh gehuít
Als Meister Stephans Sohn mit Fickgen Hochzeit machte;
Was dort ein Wasserstrom ans Land getrieben brachte;
Wie viel man Bócher hier in einem Jahr gedruckt;
Wie viel Melintes Kraut und Pillen eingeschluckt;
Wie viel es Mφnche giebt, die weise Kutten tragen;
Wie viel Partheyen sich im Schφppenstuhl verklagen,
Obs recht, daſ man das I an statt des Y setzt?
Ob man die Reinigkeit der Sprache nicht verletzt?
Wenn man, wie oft geschieht, das Wort Gemóthe schreibet,
So, daſ das liebe H darbey zurócke bleibet.

Wenn dieſ der Feder=Held, wenn dieſ der Criticus
(Der Nahme macht schon Angst wenn ich ihn nennen
muſ.)
Hat aufs Papier geschmiert, und in die Welt gesendet,

(Daß jeder kluger sieht, wie sein Verstand verblendet)
Und manchen Drucker reich, sich aber arm gemacht,
Und seinen Nahmen nun auf manchem Blat betracht,
So lacht er öber sich, daß er in Söd und Norden
(Durch seinen Unverstand,) bekannt genug geworden.
Es freuet sich sein Geist wenn Kind und Pöbel spricht:
Das ist ein kluger Mann! desgleichen ist wohl nicht!
Gelehrte sagen auch, wo ist wohl seines gleichen?
Wo wird ein kluger leicht des Narren Sinn erreichen?
Vor Freuden bildt er sich (der Wahnwitz giebts ihm) ein,
Er muß ein Journalist und Polyhistor seyn;
Und zwar der Wichtigste; er saget allen Leuten,
So muß man sich den Weg zu Ehr und Ruhm bereiten!
Nur diesen streb ich nach, und unterdrucke nicht
Die Regung die in mir durch Mark und Adern bricht.
Er jauchzet, wenn er sieht, daß seine schöne Sachen,
Die man zu Kösen braucht, die Leute lachend machen,
Und wenn ein trunkner Mund, der nach der Pfeife stinkt,
Bey einem Glaß voll Bier, sein Stöckgen ließt und singt.

Wie manches Zuchthaus ist vor liederliche Vetteln,
Die nur aus Mössiggang ihr Brod zusammen betteln,
Verordnet und gebaut. Allein ist keins zu sehn?
Das denen Hölfe schaft, die sich so thörigt blöhn.
Wer weiß, wenn Pallas selbst die Zöchtgung auf sich nöhme,
Ob der verlohrne Witz nicht etwa wieder köme?
Doch nein, Minerva bleibt auf ihrem Helicon,
Was soll sich ihre Hand mit Midas theuren Sohn,
Mit Pans Geschlecht und Brut erhitzen oder schlagen?
Wer nicht will weise seyn, der mag die Schellen tragen.
Es muß der Unterschied in jeden Sachen seyn,
Dieß trift auch ebenfals bey diesen Leuten ein;
Pan liebt der Stömper Schaar; Apollo ist gerechter,
Der straft sie, und wormit? mit ewigem Gelöchter.

Wer ist wohl der sich nicht vor den Franzosen scheut?
Doch unser Jungfervolk setzt diese Furcht beyseit,
Und glaubt aus hohem Geist und voller Ehrbegierde
Die Sprache dieses Volks erhφhte ihre Zierde.
So lφblich jedes Volk auf seine Sitten hδlt;
So wohl ihm seine Zucht und ganzes Thun gefδllt,
Haίt doch das Jungfervolk der sonst beróhmten Deutschen
Die Titel ihres Lands: Sie lassen sich ehr peitschen
Eh sie den neuen Brauch der Franzen Titel fliehn.
Wo sieht man Jungfern jezt von Móttern auferziehn?
Nur Mademoisellen sind zu unsrer Zeit zu kriegen.
Soll denn in diesem Wort mehr Glanz und Ehre liegen?
O falsche Ehr und Ruhm! klingt Jungfrau nicht so schφn
Als Mademoisell? Wie soll ich das verstehn?
Daί man sich dieses Worts und schφnen Titels schδmet,
Und seines Nahmens Glanz mit fremden Gold verbrδmet.
Wδr der in Spanien sonst óbliche Tribut
Bey uns jetzt im Gebrauch, das wδr fórwahr nicht gut.
Man kφnte warlich nicht die Zahl der Jungfern stellen:
Warum? Wir haben nichts als lauter Mademoisellen.

* * *

Corintho ist verbrannt; Corintho ist verstφhrt;
Sie ist in Schutt und Stein in Asch und Staub verkehrt.
Der Reichthum, Stolz und Pracht, ihr herrliches Vergnógen,
Sieht unter diesem Schutt so mancher Pilgrim liegen.
Ihr Grabmaal stellet uns noch ihren Abschied vor:

Mein Wandrer! wer du bist, mein Ansehn und mein Flor,
Mein schφn und herrliches, und hφchst vergnógtes Leben,
Hat mir den Untergang und Aschen=Gruft gegeben.

Corintho wδr verwóst! wendt Lucifer bald ein.
Nein! nein! ihr Ebenbild wird noch zu finden seyn.
Ein Phφnix stirbt zwar wohl, jedoch sein Aschen=Hógel

Bringt einen andern vor, der stark und frische Flógel,
Und neue Krɗfte hat. So giengs auch dieser Stadt;
Ihr Staub, der in der Welt sich ausgetheilt hat,
Und sich durch Nas und Haupt und Hirn hindurch
gedrungen,
Hat nun der Deutschen Sinn nach meinem Wunsch
bezwungen;
So, daí nun manche Stadt Corintho Trieb erlangt,
Daí sie im Todte noch durch ihre Laster prangt.
Bóí ich Corintho ein, ist sie nicht mehr vorhanden,
Was schadts! aus ihrem Staub ist manche Stadt entstanden.
Ich, ich, als ein Monarch, spricht Lucifer noch mehr,
Ich finde nicht allein bey Mɗchtigen Gehφr;
Nein auch bey denen selbst, die nur in Hótten leben,
Bey denen die aus Noth sich in den Dienst begeben,
Die sich von Stahl und Blut, die sich vom Fremden Raub;
Die sich von fauler Milch; die sich vom Pfeffer-Staub;
Die sich vom Herings=Schwanz von Oel, von Salz und
Butter;
Die sich von Ehl und Zwirn und Hosen=Unterfutter;
Die sich von Korn und Vieh; die sich von Zeitungs=Wind,
Und was ihr freyes Maul erzehlet und erfind;
Die sich von alle dem und andern Sachen nehren;
Die zu dem Niedrigsten in Stadt und Land gehφren;
Die sinds, die meine Stadt Corintho auferbaut,
Und die mein Angesicht, als Reiches Sɗulen schaut.

Wie Nero dort auf Pracht und Wollust viel gewendet,
Und wie Cleopatra den grφsten Schatz verschwendet;
Wie sich die Jesabel gezieret und geschmóckt;
Dieí wird bey Adlichen und Bórgers=Volk erblickt.
Die wollen jezt an Pracht und zɗrtlichen Geberden,
An stolz und fetten Tisch den Grφíten ɗhnlich werden.

Da Jacobs Saamen noch des Stiftes Hótte sah,

Da unter Knall und Glut der Allmacht Wort geschah,
Da war die Demuth noch das Augenmerk der Grosen,
Es suchte jederman um ihr Gewand zu losen.
So hoch, so køniglich, so frey das Volk regiert,
So viel es Seegen auch an Zeitlichen verspøhrt,
So wurde doch ihr Leib nicht prðchtig eingehóllet,
Die Lippen wurden nicht mit Leckerey erfóllet,
Scharlachen, Rosinroth, das war von ihnen fern,
Sie widmeten es nur zum Heiligthum des HErrn.
Das beste ihrer Kost, das niedlichste der Speise,
Verehrten sie dem HErrn, zu seinem Hohen Preise.
Ihr Freud, ihr Ehren=Mahl bestande nur indem,
Was die Natur gezeugt, was der Natur bequem
Gesund und dienlich war; ein Stóckgen guter Semmel;
Ein Stóck vom jungen Kalb; ein Stóck von fetten Hemmel;
Ein Kuchen, den die Frau auf nette weise buck;
Ein Wildpret, das der Mann selbst in die Kóche trug,
Das zierte Haus und Tisch; sie haíten Lecker=Sachen,
Die das Geblóte schwer die Sinne trunken machen,
Und was das Leben sonst betróbt verkórzen kan.
Sonst lebte manches Weib, sonst lebte mancher Mann
Ins høchste Alterthum. Jezt muí er fróh bey Jahren,
Durch Míſbrauch seines Guts ins Reich der Todten fahren;

Wohin mein Genius? du fóhrst mich durch die Luft
Nach Rom, wo dein August in seiner Marmor=Gruft
In Lorber=Reisern schlðft. Er regt sich! seine Glieder
Beleben sich aufs neu; sein edler Geist kømmt wieder.
Er ruft uns freundlich zu: Ich sprach zu meinem Kind:
Weil stolzer Kleider=Pracht der Hoffart Fahnen sind,
Und von der Schwelgerey ein freyes Zeugnis geben,
O! so gewøhne dich dem stets zu widerstreben.
Ich gieng ihr und dem Volk mit meinem Beyspiel fór,
Ich unterdróckte stets die lósterne Begier.
Ein wohlgewachsen Kraut, das die Natur getrieben;

Ein Mahl von lieblichen und wohlgebratnen Róben
War damahls meinem Mund und Magen sói und schɷn,
Und niemand suchte mich deswegen zu verschmδhn,
Indem mein Ansehn, Ruhm und Ehrfurcht, Ehr und Liebe,
Doch allezeit darbey in vollem Glanze bliebe.
Wie glócklich war die Zeit, in welcher ich regiert;
Wie glócklich war ich nicht, da ich den Thron geziert;
Bestieg ich jezt den Thron; wie wórd man mich verlachen,
Und manchen Hohn=Gesang aus meiner Tugend machen?
Der Ritter hɷhnte mich nebst jedem Bórger aus,
Man sprδch mit grɷstem Spott: Hδlt der so sparsam haus?
Will der kein zartes Kleid an seinem Leibe tragen?
Sich nicht in schɷnem Stoff, in Sammt und Purpur
schlagen?
Drum wohl mir, daí ich jezt in meiner Kammer ruh.
Ich laí die Welt und schlieí die Augen wieder zu.

So hoch als unsre Zeit an schɷn galanten Lógen,
An Wissenschaft und Kunst und Treflichkeit gestiegen,
So viel Geheimnií man ergróndet und entdeckt,
So sehr wird der Verstand im Gegentheil versteckt,
Wenn man so Geist als Leib dem Stolz und Pracht ergiebet,
Der Eltern Schweií verpraít, und die Verschwendung liebet.
Heist das wohl mit Vernunft des Glóckes Pfund genótzt,
Wenn man ein góldnes Bild an Thór und Wagen schnitzt?
Der Diener Kleider=Stoltz durch reiche Dressen mehret?
Auf Fórsten Betten schlδft, auf Prinzen Kutschen fδhret?
Die Bilder geiler Zeit, die Gɷtter alter Welt,
Gar oft zur Aergernií, in Gδng und Górten stellt?
Allwo die Wasserkunst das Geld so gar verspritzet,
Wo mancher Aff und Bδr an statt des Wδchters sitzet.
Heist das wohl mit Vernunft das Erbtheil angelegt,
Wenn man das, was man sieht in seine Górten trδgt,
Und sich ein Labyrinth zur Pracht mit Schulden gróndet?
Da man den Eingang wohl; doch nicht den Ausgang findet?

Heist das wohl klug gethan, wenn man Saal, Zimmer, Haus
Mit aller Kostbarkeit, bií an das Dach heraus,
Die Welschland, Gallien und Indien uns schicket,
Aufs allerprɔchtigste bekleidet, ziert und schmɔcket?
Die Zimmer óbrig fóllt; die Beutel aber leert?
Und eine bunte Wand als einen Gφtzen ehrt?
Sucht wohl die Tugend uns zu diesem anzulocken,
Daí man den Glieder=Bau wie stolze Kinder=Docken
Auf lɔcherliche Art und Vielfach prɔchtig kleidt?

Da Adam und sein Weib die grose Herrlichkeit
Im Paradieí verlohr, da trugen sie, ach leyder!
Zum Zeugnií ihres Falls, ein Fell an statt der Kleider.
Kein Dieb prangt mit dem Strick, der seinen Hals umschlug,
Selbst Eva schɔmte sich da sie die Kleidung trug.
Wir aber lassen uns so sehr den Kopf verrócken;
Wir prangen hφchst vergóngt mit unsern seidnen Stricken,
Die unsrer Eitelkeit und Thorheit Zeugen seyn.
Flφít dieses die Vernunft; giebt dieí die Tugend ein,
Daí man den Leib fast stets als zum Triumphe schmócket,
Die Kleider reich mit Gold und Silber óbersticket,
Und kostbar ausstaffirt? daí man nach hφchster Pracht
Die Kleider schφn von Zeug und auf das feinste macht?
Daí man den áberfluí so gar auch nicht vermeidet,
Sich wo nicht wφchentlich, doch vierteljɔhrig kleidet;
Sich selbst zum Rɔuber wird; sich diebisch selbst bestiehlt,
Bií daí man endlich Schimpf, Noth und Verachtung fóhlt.

Wie thφrig ist es nicht, wenn stolze Geister denken,
Als kφnnt ein kostbar Kleid mehr Furcht und Ehre
schenken,
Wirst du ums Kleide wohl vor andern mehr geliebt?
Meinst du, daí dir das Glóck darum was grφssers giebt?
Verbessert sich dein Stand um deines góldnen Degen,
Um deines stolzen Kleids und góldner Zwickel wegen?

Geh! prange wie du wilst, in einem ofnem Saal;
Stolziere wie du wilst, by einem Freuden=Mahl,
Dein Stand, und nicht dein Kleid wird dir den Vorsitz
geben.
Das Kleid kan nicht den Mann, wenn er nichts gilt, erheben;
Der Mann giebt nur allein dem Kleide Glanz und Zierd,
Wenn er die Tugenden in Wort und Wercken fôhrt.

Trôt Ahasvers Gemahl jezt unter unsre Frauen,
Was wôrde nicht ihr Aug vor Pracht und Hoffart schauen!
Ich weií es sprôch ihr Mund: Ich trug mein Kønigs-Kleid
Niemahls zur Lust und Pracht, und bloí zu solcher Zeit
Wenn ich als Kønigin im Schmuck erscheinen muste,
Weil man da nichts von Pracht und stolzem Aufputz wuste.
Jezt stellt das Frauenvolk sich auch den grøsten gleich;
Macht Mann und Kinder arm, die Krômer aber reich;
Sammt, Pelzwerk, theurer Stoff, und breit und stolze
Dressen,
Band, Spitzen, Leinewand, was Fôrstliche Prinzessen
Nur auszuschmôcken pflegt, was ihnen bloí gebôhrt,
Kauft jede Edel=Frau, die sich mit solchen ziert;
Dieí ist der Schmuck in den sich Bôrger=Weiber schlagen;
Dieí ist der Schmuck den gar der Zônfte Weiber tragen.
Kein modenhaftes Stôck kømmt von der Seine her;
Kein theures Zeug bringt man vom Po und Mittel=Meer
Und von der Themse=Strohm, das Weib gaft schon nach
allen,
Und solte auch der Preií aufs allerhøchste fallen.
Was sonst ein vornehm Weib im ganzen Kleid verthat,
Das ist anjezo kaum der Kopf= und Spitzen=Staat.
So prôchtig war sonst nicht ein adlich Haupt geschmôcket,
Als man anjezt den Fuí der Bôrgerin erblicket.

Im Stand nimmt man nicht nur die Ordnung nicht in acht;
Er wird im Alter auch gewií sehr schlecht betracht;

90

Ein Weib, das fast so alt, als wie die graue Sare;
Das kaum auf ihrem Haupt ein Dutzend weise Haare
Und einen hohlen Zahn in ihrem Munde trøgt;
Da jede Runzel sich in tiefe Falten legt,
Das Kind und Kindes=Kind als Grose=Mutter ehren;
Das will doch noch die Zahl der Hoffarts=Narren mehren;
Dieí geht oft noch so bunt und prøchtig ausgeschmøckt,
Als man die Tφchter kaum und Kindes=Kind erblickt.
Von Róckwðrts kφnte wohl ein Jóngling leicht verfehlen,
Und eine sechzige vor sechzehnjøhrig wehlen.
Sie dφrften warlich nicht beym Felsenburgern stehn,
Wo die Matronen nur modest und erbar gehn,
Hingegen aber das, was jung und munter heiset,
Sich eines hellen Zeugs und bunten Kleids befleiset.

Wðr Davids Fórsten=Kind, die Thamar jetzt allhier
Und sie verlφhre sich: O mein! wo wórden wir
Sie unter unserm Volk und Frauenzimmer finden?
Die meisten pflegen sich in Rφcke einzuwinden
Die Thamars Fórsten=Rock gar gleich und ðhnlich sind.
Wo sich ein bunter Stof von theurem Wehrte findt
Darein verhóllt man sich; man sticket goldne Stφcke,
Und Silber=Muschelwerk, und Blumen in die Rφcke,
Daí mancher, der es sieht die nðrrsche Meinung hegt,
Es sey ein Fórsten=Kind das solchen Aufputz trøgt.
Man kan jezt adliche und bórgerliche Frauen
Im Pracht und Kostbarkeit als Prinzeíinnen schauen.

O Schade! daí doch nicht die kluge Vorsichts=Hand
Euch gleichen herrlichen und hocherhabnen Stand,
Der Hoffart gnug zu thun, in dieser Welt bestimmet,
Weil doch ein solches Feuer in euren Herzen glimmet.
Was vor ein herber Schmerz und bittre Seelen=Pein,
Muí dieses eurem Stolz und blinder Hoffart seyn?

Jedoch nur unverzagt! wer weií wie sichs verkehret,

Ob euch die Ehre nicht auch einmal wiederfôhret,
Die jenem Bauersmann auf Tag und Nacht geschehn.

Man sagt es kønte sich die Erde tôglich drehn;
So oft auch dieí geschieht, so hat der Moden Sitten
Doch diesen Erden=Klump im Wechsel óberschritten.
Wie oft verkehrt man nicht die Mod= und Kleider=Tracht?
O! wórde sie nur nicht auch nôrrischer gemacht!
Die Haare werden nicht mehr zierlich aufgekrôuset,
Man meint, es lôít galant, wenn man sie hangend weiset.

Ihr Schønen! seht euch vor, weil, wie die Rede geht,
Ein merklicher Proceí im Schøppenstuhl entsteht.
Es heist, das Schôfervolk wôr klagend eingekommen,
Man hôtt von ihrer Heerd die Hunde weggenommen,
Und mit dem Budel=Fell die Hôupter ausgeziert.
Drum seht euch vor; vielleicht, daí ihr das Recht verliehrt;
Die Schôfer dringen drauf, sie wollen was gestohlen
Von euren Hôuptern selbst mit Nachdruck wiederhohlen.
Drum so vertraget euch mit einem gótgen Sinn,
Und gebt das Budel=Fell den Schôfern wieder hin.

Was vor Verônderung ist doch mit Stirn und Wangen
Der Schønen bií daher so øfters vorgegangen?
Ja unser Frauenvolk gønnt nicht dem Firmament,
Daí Sonne, Mond und Stern an solchem feurig brennt;
Drum lassen sie sich auch in ihrem Kopfe deuchten,
Es móí die kleine Welt mit gleichen Fackeln leuchten.
Drum wird aufs Angesicht als auf ein freyes Feld,
Auch Sonne, Mond und Stern zum Zierath aufgestellt.
Wenn jener Lichter Schein auf blauen Grunde strahlet;
So wird der untern Glanz auf weisen Grund gemahlet.
Und weil die Obersten nur vor die Nacht bestimmt,
Indem ihr heller Glanz die Finsterníí benimmt.
(Dieweil dem lichten Tag kein solcher Glanz vonnøthen.)
So nimmt und schneidet man dergleichen Welt-Planeten

Von schwarzen Taffend aus, und fragt wohl: lôits nicht
schǫn,
Wenn Sonne, Mond und Stern im Angesichte stehn?

Vielleicht befórchten sich jeztunder unsre Schǫnen,
Das Mannsvolk mǫchte sich nach Perser=Art gewǫhnen.
(Denn dieser schickt vorher zu der erkohrnen Braut
Die nôchste Freundin hin, die sie mit Fleií beschaut,
Ob sie vollkommen ist. (Denn bey den Amazonen
Wird wohl kein Mannesbild so leicht nicht wollen wohnen.)
Drum zeigt das Frauenvolk vollkommen aufgedeckt,
Daí keine Amazon' in ihrer Schnórbrust steckt:
Und folglich man auch nicht die schǫne Weiber=Gabe
Nach Persischem Gebrauch erst zu erforschen habe.

Man thut in diesem Stóck den Schǫnen auch zuviel,
Als ob denselbigen die Sorgfalt nicht gefiel.
Man hǫrt und siehet ja wie sie vom fróhen Morgen
Bií auf die Abend=Zeit vor das so móhsam sorgen:
Was auch so gar versteckt, und nicht ins Auge fôllt.
Allwo der Unterrock den ersten Platz behôlt.
Das Knie-Band folget nach. Wer hats euch denn gepfiffen,
Es wórd nach selbigen gesehn, wohl gar gegriffen?
Wer kan denn vor das Spiel! man thut, was dieí gebeut!
Wer kan denn vor den Scherz und vor Geschwindigkeit!
Um nun das schǫne Lob der Reinlichkeit zu hǫren,
So sucht man alles dieí mit Schǫnheit zu vermehren.

Ich weií warhaftig nicht woher es weyland kam,
Daí eine Frau das Band von Bachi Throne nahm,
Um einen neuen Thron, worauf sie kǫnte sitzen,
Zu bauen, und zugleich die Arm zu unterstótzen.
Das Schicksaal fóhrte sie mit samt dem neuen Thron
Zu einem Musen=Sitz, woselbt sich Bachi Sohn
Vor andern sonderlich im Schreyen hǫren liese.
Doch als ein Schnorren=Schwarm auf Bachus Bróder stiese

(Und man sich vor dem Feind durch eine Freystadt schótzt
Der zornig wieder uns mit Stahl und Eisen blitzt)
So rief dieſ tapfre Weib: Nur unverzagt und munter!
Hier ist mein Reifrock! eilt! und kriechet alle unter!
Der soll vor Wach und Schnorr und sonst geheime Pein
Der allerbeste Schutz und sichre Freystadt seyn.
Die Pursche ruften hoch! und schrien mit grosen Schalle:
Wir bitten flehentlich: Ihr schφnen! leget alle
Dergleichen Rφcke an. Wir wollen wieder sehn,
Wie wir zur andern Zeit euch wo zu Dienste stehn.
Gesucht, gewónscht, geschehn. Wer nur galant wolt heisen,
Der muste sich alsbald auf diese Tracht befleisen.
Die Gassen kamen drauf darwieder klagend ein,
Sie wórden fernerhin nicht breit und rδumlich seyn,
Sie wandten klóglich fór: Die Weite wórde ihnen,
Den Jungfern nehmlich selbst, noch mehr zum Schaden
dienen:
                    {Stuffen
Weil ein zu weiter Rock an alle {Ecken stφſt,
So reiſt die Seide auf daſ sich der Faden lφſt,
Und also desto ehr das Kleid zu Grunde gehet.
Die Mδnner fielen bey: Die Mode widerstehet
Der Weiber Sparsamkeit. Das Kleid, das man vordem
Zu Putz und Nothdurft trug, wird dadurch unbequem,
Dieweils den weiten Rock nicht decket noch bekleidet:
So nimt man denn zwey Stóck, woraus man eines schneidet.
Da heist es: Mδnngen! thu zum neuen Kleider=Kauf
Nur ohne Widerspruch den Beutel willig auf.
Heist das nun nicht den Mann und Vater zu bestehlen?

Allein kein gutes Wort noch sonst ein ernsthaft Schmehlen
Galt bey dem Frauenvolk. Man sprach: es bleibt darbey,
Daſ nur ein groser Rock in Zukunft Mode sey,
Und wo die Mδnner uns nicht neue Kleider schaffen,
So wollen wir so lang nicht bey denselben schlaffen,

Biſ sich ihr Eigensinn nach unserm Willen bricht.

Wie artig ſöllt es nicht in aller Angesicht,
Wenn eine Knochen=Lust, wenn eine Hörings=Seele,
Ein Weib aus Liliput solch ungeheure Höhle
Zu ihrem Sitze wehlt? Es sieht so zierlich aus,
Als ragt aus einem Faſ ein Weiden=Hölzgen raus.

Und weil das Mannesvolk vom Staub die Schuh
beschmutzet,
So werden sie dadurch bestöndig abgeputzet.
So zeigt das Frauenvolk durch diese Dienste an,
Wie sie zum voraus schon den Mönnern unterthan.
Es kan das Mannesvolk sich wörklich glöcklich achten,
    (Weiber
Daſ {Jungfern auf der Straſ die Schu zu putzen trachten.

Wie öfters werden uns die Augen nicht beröckt,
Wenn man bald hier und da ein Frauenbild erblickt,
Das Achsel, Leib und Haupt und Hals mit Böndern zieret,
Und wie ein Kutsch=Pferd prangt, das Hochzeit=Göste
föhret.

Ihr Jungfern! die ihr euch nur wie es euch gelóst,
In eurer Kleider=Tracht nach Pfauen=Weise bróst,
Und euch aufs herrlichste und allerbeste kleidet,
Und auch den óberfluſ in Hoffart nicht vermeidet.
Was reizet euch darzu daſ ihr so pröchtig geht?
Vielleicht ist das der Grund, warum ihr euch so blöht,
Daſ ihr dem Mannesvolk wolt in die Augen fallen,
Ob etwa ihre Brust vor Liebe möchte wallen,
Daſ man euch in das Buch der Bröute schreiben soll?

Die Reizung ist zu frech! die Lockung ist zu toll!
Das Mannsvolk ist zu klug, das löſt sich wohl durch
Schmócken,

Durch Frechheit, Stolz und Pracht so leichte nicht berócken.
Je grøser eure Pracht; je kleiner ist ihr Trieb,
Und desto weniger gewinnen sie euch lieb.
Glaubt, desto stðrker ist die Furcht vor euren Strahlen,
Sie denken, wer dich freyt, der muí nur immer zahlen;
Der muí, was er erwirbt, verdienet und gewinnt,
An deine Kleider=Pracht, du stolz und móssig Kind!
Mit heimlichem Verdruí und Schaden nur verwenden,
Und wohl noch gar darzu sein bestes Gut verpfðnden.
Sie glauben, welche sich dem Putz und Staat ergiebt,
Daí die auch Móssiggang und Fenster-Rahmen liebt.

Dieí ist der Jungfern Schmuck, der sie gefðllig machet,
Wenn sie nicht frech und stolz und spøttisch spricht und
lachet,
Nicht tadelsóchtig ist, und allen Umgang flieht,
Der sie von Tugenden und von dem Wohlstand zieht.
Keusch, freundlich, sittsam, klug, manierlich und
bescheiden
Zu seyn, den stolzen Ernst und frechen Scherz zu meiden,
Der Wirthschaft nachzugehn, dieí ziehrt die Jungfern mehr,
Als wenn des Córpers Bau in Gold gekleidet wðr;
Dieí macht euch angenehm, gefðllig und beliebet.
Daí euch das Mannesvolk Herz, Ring und Vorzug giebet.
Du mein geliebt Geschlecht! Ihr Schønen! saget mir,
Wenn nun des Brðutgams Hand die gróne Myrthen=Zier
Und Kranz vom Haupte reiít, ob das die Klugheit leidet,
Daí man auf dieses Fest so vieles Geld verkleidet,
Verschwendet und verzehrt, gar keine Mase hðlt,
Und sich so prðchtiglich der Welt vor Augen stellt?
Wodurch ihr euren Stand und euch in Schaden bringet,
So, daí ihr øfters drauf das Miserere singet.

Die Braut ist freylich wohl des Brðutgams Augen=Trost;
Doch wisse, da dein Freund zuerst um dich geloít;

Da er dich kennen lernt, und dich oft angesehen,
Da er dich voller Fleiſ im Hause sahe gehen,
Da er dich nett im Kleid, jedoch nicht prȯchtig fand.
Ward er nicht dazumahl in seiner Brust entbrand?
Hat damahls nicht sein Geist dich andern vorgezogen?
Und war dir brȯnstiglich und inniglich gewogen;
Hat nun dein stolzer Putz die Liebe nicht erregt,
So wird sie wȯrklich nicht erst jezt auf dich gelegt,
Da man dich stolz im Kleid und in gar theuren Spitzen,
Und Perl= und Steinen=Schmuck sieht an der Seite sitzen.
Da sich dein Brȯutgam nun an deinem netten Kleid,
An deinem klugen Fleiſ, und nicht am Pracht erfreut,
Weswegen wilst du dann bald die, bald jene Gaben,
Zu deiner Pracht und Zier von deinem Manne haben?

Was fehlt auch deiner Pracht, wenn dich dein Gatte ehrt,
Und liebt, und deine Ruh durch keine Krȯnkung stφhrt?
Ist dieſ nicht ȯber Schmuck und Kleider=Stolz zu lieben?

Bleibt denn der Ehstand auch ohn Trȯbsaal und Betrȯben?
Nein! darum wendet nicht so viel auf Pracht und Staat,
So giebt der ȯberfluſ euch in dem Mangel Rath.

Ich weiſ, man muſ die Zeit bedȯchtig unterscheiden,
Weil man sich jezo nicht wie ehmals pflegt zu kleiden;
Kein aufgeschliztes Wamst und Pluderhosen trȯgt,
Kein reiches Weib sich mehr in eine Schaube schlȯgt.
Man richtet billig sich in Kleidung, Tracht und Moden
Nach den Lebendigen, nicht aber nach den Toden.
Deswegen glaub ich auch mit der gescheuten Welt,
Daſ es nicht unrecht ist, wenn man sich trȯgt und hȯlt,
Wie es die Zeit befiehlt, und Stand und Rang verlanget,
Daſ ein berȯhmter Mann in Hollands=Tȯchern pranget,
Mit netten seidnen Zeug und Leinwand sich bedeckt:
Sein Haupt in fremdes Haar nach feinster Mode steckt,
Worbey ein feiner Knopf die nette Kleidung zieret.

Ich tadle nicht, daſ sich ein Weib geschicklich schnóret,
In netter Schlᵭfe Zier und saubrer Kleidung geht,
Und trᵭgt was rein und schꬰn und wohlanstᵭndig steht.
O nein! ich tadle nicht, die klug und muntern Schꬰnen,
Daſ sie Tabeens Art und Fleiſ sich angewꬰhnen,
Daſ ihre kluge Hand die Kleider kónstlich neht;
Die Blumen und das Laub geschickt und artig dreht;
Wodurch sie Mahlern gleich den Laub und Blumen leben,
Durch Schatten und durch Licht durch Fall und Hebung geben.
Ich lobe, daſ man sich durch seinen klugen Fleiſ
In Kleidung mancher Art schꬰn auszuschmócken weiſ:
So wird der Hᵭnde Kunst bewundrend wahrgenommen,
Und kan zum Musterstóck auf Kindes=Kinder kommen.

Nur dieſ ist mir verhaſt, nur dieſ ist ᵭrgerlich
Daſ es bey dem nicht bleibt, daſ mans so prᵭchtiglich
An Seide, Silber, Gold stickt, neht und zubereitet,
Daſ es mit Fórsten=Putz und Rang und Vorzug streitet.
Daſ mans so kostbar macht, daſ eine einzge Post,
Ein Kleid so vieles Geld, als zwey, ja viere kost.
Nur dieſ ist mir verhaſt, kein Kluger wird es leiden,
Wenn schlechte Frauen sich in Fórsten=Trachten kleiden.
Wenn hier ein Adliches, dort ein Professors Weib,
Hier eine Kaufmanns=Frau den aufgeblaſnen Leib
In Sammt und Hermelin und kostbar Pelzwerk schlᵭget,
Das Kꬰngen nur gehꬰrt, das eine Fórstin trᵭget.
Es haſt es die Vernunft, wenn sich ein Weibesbild
Vom Mittelstand und Gut in theuren Stof verhóllt,
Wenn sie mit Spitzenwerk aus Hollands Krᵭhmen prahlet,
Und um sehr hohen Preiſ ein ganzes Stóck bezahlet;
Daſ Hauptputz, Leib und Fuſ und alles kostbar prangt;
Wenn eine Bórgers=Frau das Theureste verlangt;
Wenn Handwerks=Weiber sich in Stof, Damast und Seiden,
Und Spitzen aus Braband, in Gold und Zobel kleiden;

Wenn eine Zofe hier, dort eine Kammer=Magd,
Mit fremder Mod und Tracht sich auszuschmócken wagt,
Und nach den Grøsten richt; wenn man, so man was siehet,
Sich auch um den Besitz und Eigenthum bemóhet;
Wenn man den áberfluí in allen Sachen liebt,
Und nur fast tóglich Geld vor Staat und Hoffart giebt.
Dieí ists, was die Natur, Vernunft und Tugend hasset,
Wovor ein Kluger stets den grøsten Eckel fasset.

Ist jemand in der Welt an Glóck und Ehre groí,
Der gebe sein Gemóth zur Thorheit nicht so bloí,
Und tracht an Kleid und Schmuck und próchtigen
Geberden,
Und Moden und Geprðng nicht Fórsten gleich zu werden.
Es gaff ein Bórger=Weib, das sich von Frucht und Laub,
Von Holz und Leinewand, das sich vom Pfeffer=Staub
Und Schreiber=Sporteln nehrt, nicht nach den Adel=Frauen,
Und lasse sich nicht so in Staat und Moden schauen.
Ein jedes trage sich nicht óber seinen Stand;
Es werde nicht zuviel auf Kleider=Pracht gewand,
Damit fein zierlich, schøn, nett, sauber, artig, reine;
Nicht aber voller Pracht ein Frauenbild erscheine.

Wie sehr verðnderlich ist nicht Fortunens Blick?
Zieht sie nicht oftermahls ihr freundlich Aug zuróck,
Und zeigt der stolzen Brut, daí ihre schøne Gabe
Die Unbestðndigkeit zur Mitgefðhrtin habe.
Was hilft mich denn der Stolz, wenn euch das Glóck verlðít?
Was werden nicht alsdann vor Thrðnen ausgepreít?
Was habt ihr dann vor Lob, wenn ihr an statt der Seiden,
Euch móst mit Leinewand und Wollen Zeug bekleiden?
Wie bald wird eure Pracht des Strohm= und Feuers=Raub?
So liegt der Abgott dann in Asche, Glut und Staub.
Der Pracht und áberfluí, der Stolz die Hoffarts=Fahne
Bricht allezeit dem Fall und Untergang die Bahne.

Ein weiser Paulus spricht in seinem heilgen Brief
Der an Timotheum den theuren Lehrer lief,
Die Weiber sollen sich geschickt und zierlich kleiden;
Gold, Perlen, stolz Gewand und Pracht und Hoffart meiden.
Dieweil der Weiber Schmuck in Schaam und Zucht besteht.

Ein Weib das auf der Bahn der wahren Tugend geht,
Erwehlt sich dieí zur Pracht, daí sie getreulich liebet,
Den Gatten nicht mit Fleií durch irgend was betróbet;
Nicht trotzig widerspricht; zu rechter Stunde schweigt,
Den Irrthum und den Fehl ihm in der Stille zeigt;
Zu rechter Stunde redt, und hat sie was zu sagen,
Sich allezeit bestrebt, bescheiden vorzutragen;
Ihn im Beruf nicht stφhrt, hilft wo sie helfen kan;
Sieht ihn zur Zeit der Ruh mit holden Blicken an;
Und wenn sie auch mit ihm wie dort Rebecca scherzet,
So ist sie nur bedacht, daí sie ihn zðrtlich herzet;
Sie liebt die Hðuílichkeit, und haít den Móssiggang;
Sie hðlt die Kinder nicht im tollen Sclaven=Zwang,
Doch fóhrt sie ihnen auch in ihrer Lust den Ziegel.
Ihr Tugend=-Wandel ist des ganzen Hauses Spiegel.
Ihr Amt verrichtet sie bedðchtlich, hðuílich, klug,
Und schadet keinen nicht durch Plaudern und Betrug.
Ist gegen jederman bescheiden, mild und gótig,
Flieht Hoffart, Pracht und Stolz, bezeigt sich eherbietig,
Sie hφrt der Armen Noth, und dient nach Mφglichkeit,
Das Haus regieret sie mit Liebe, nicht mit Streit.
Kurz, ein vernónftig Weib lðít dieses von sich lesen,
Sie ist des Mannes Lust und sósser Trost gewesen.
Den Kindern war sie stets ein wahres Mutter=Herz;
Und wem sie dienen kunt, ein Balsam vor den Schmerz,
Der Tugend Musterbild, der Hauígenossen Freude,
Der Laster steter Feind, der Menschen Augen=Weide.

Die Hoffart fðllt mir jezt verwegen in das Wort,

Und spricht voll Unvernunft: ich sehe hier und dort
Ein Haus und Wohngemach von Hausrath und von Tóchern,
Von denen mich die Zahl und Zeichen vest versichern,
Es róhre alles noch von ihren Eltern her.
Das Kleid und weise Zeug das sie, die Frau, und er
Der Mann am Leibe hat, das ist schon abgetragen.
Wie lange soll man sich mit solchen Kleidern plagen?
Also verrδth der Mund die lasterhafte Seel.

Jedoch ich hφre auch das Volk von Israel;
Wie es gar anders spricht: Was vor ein schφner Seegen
Erhielten wir vom HErrn auf unsern langen Wegen?
Es wurden unsre Schu nicht mórbe, schlaf noch alt;
Die Kleider wurden nicht verschabt noch ungestalt;
Der Hφchste wolte sie vor Riſ und Moder schótzen.
Wie frφlich kan ich doch in meiner Wohnung sitzen!
Wie ruhig lieg ich doch in meinem Schlaf=Gemach!
So spricht der Hoffart Feind dem Saamen Jacobs nach.
Prangt meine Wohnung nicht mit lauter neuen Sachen,
Laſ ich mir wφchentlich nicht neuen Hoffart machen:
Bleibt Kleid und Hausgerδth noch immer schφn und gut,
So freut sich des mein Geist, so bin ich wohlgemuth.
Ich schδme mich des nicht, ich halts vor einen Seegen,
Vor einen Hermons=Thau und fetten Gnaden=Regen,
Daſ meiner Eltern Schweiſ noch brauchbar vor mir liegt;
Das mein erworbner Fleiſ nicht wie der Staub verfliegt;
Daſ mir wie Israel die Kleider nicht veralten:
Es zeigt darneben an, daſ ich gut hausgehalten,
Daſ ich die Sparsamkeit und Reinlichkeit geliebt,
Und meine Eltern sich darinnen auch geóbt,
Es óberzeugt mich auch, daſ noch kein Fluch gekommen
Der mir das Meinige geraubt und weggenommen:
Und daſ kein bφser Wunsch auf meinem Hause ruht,
Der mein ererbtes Theil verzehret und verthut.

Lacht, hφhnet immerhin ihr stolzen Mode=Narren;
Ich wehle diesen Ruhm, und laſ euch gern die Sparren.

* * *

Steh auf Herodotus! und gieb die Ursach an,
Warum in Persien des grφst= und reichsten Mann,
Sein Schδdel und sein Haupt sich also mórbe zeiget,
Da der Egypter Haupt der stδrkste Schlag nicht beuget?
Ich weiſ warum. Mir fδllt die Ursach jetzo bey:
Der Bórger an dem Niel veracht die Leckerey
Und Wollust im Getrδnk, in Speisen und in Essen,
Und hat die Zδrtlichkeit bey seinem Thee vergessen.
Er flieht den leckerhaft und delicaten Schmauſ,
Und hδrtet seinen Leib durch Wind und Hitze aus.

Die Welt dónkt sich so klug, und scheut die
Kranckheits=Bórde,
Damit der Glieder=Bau nicht hart gedrócket wórde;
Sie fórchtet Fieber, Brand, Geschwulst und Beul und Pest,
Worbey sie in der Noth sich auf den Artzt verlδſt.
Und gleichwohl ist der Mensch an seinen Schmerz und
Plagen
Die er an Haupt und Fuſ und Leibe muſ ertragen,
Nur selber Schuld daran; flφh er die Zδrtlichkeit,
Und gδb dem Munde nicht so viel Gelegenheit,
Mit leckerhafter Kost und feurigen Getrδnken,
Die China, Africa und Spanien uns schenken
Den Magen, Leib und Sinn gleich einer vesten Stadt,
Die gar ein feindlich Heer vor ihren Mauren hat,
Zu stórmen, und die Burg des Leibes zu belagern;
So wórden viele nicht verdorren und vermagern.
Sie Sδfte wórden nicht verzehret und verbrennt;
Stein, Gicht und Podagra, und was man schmerzhaft nennt,
Den Kopf=Weh, Mattigkeit und des Geblótes wallen
Wird keinen Mδssigen so leichtlich óberfallen.

102

Wie ruhig und vergnógt lebt ein vernónftger Mann,
Der seinen Lecker=Mund und Magen zwingen kan.
Betracht des Bauers=Mann und stolzer Herren Kinder,
Ist nicht die erste Art weit stórker und gesónder?
Genieſt das zarte Kind nicht grœíre Stórk und Lust
Durch seiner Mutter Milch, als von der Huren Brust?
Ein Stóckgen Brod, ein Trank von Gersten giebt mehr
Krôfte,
Als alles Zuckerwerk und leckerhafte Sôfte.
So wird das zarte Kind von Jugend angewœhnt,
Daſ es sich nach der Kost der geilen Eltern sehnt;
Was Wunder wenn hernach die Laster sich vermehren,
Die das erworbne Gut durch Zungen=Lust verzehren.
Wie glócklich ward nicht da das Volk am Tieber=Strohm,
Da Bórgermeister noch die ganze Welt und Rom
Geschickt regiereten. Da man Gesetze gabe, (h)
Daſ Rom die Môssigkeit zum Augenmerke habe.

Wie glócklich ward ihr doch ihr Alten jener Zeit!
Die ihr euch an der Zier der Môſigkeit erfreut.
Wie ward ihr so beherzt, gesund und stark und wacker,
Da euer Mund das aí, was euer fetter Acker
Und Reb= und Garten=Bau, und Vieh und Schôfer=Stab,
Teich, Waldung, Hof und Stall euch zu verzehren gab?
Ein ausgepreíter Trank von selbst gepflanzten Reben,
Benebst dem braunen Saft, den Gersten=Kœrner geben;
Ein Fisch, den euer Netz und Angel selber fieng;
Ein Wildpret, welches euch zu nah in Garten gieng;
Ein Vogel, welcher sich in euren Garten setzte,
Und sich den zarten Fuí durch Schling und Leim verletzte;
Ein Stóck von einem Schaaf, und eingesalzten Schwein,
Ein Stóck von einem Kalb, und fetten Rinder=Bein;
Ein Stóckgen von der Brust, nebst guten Rinder=Zungen,
Die Kóchen=Rauch gefôrbt, und beisend Salz
durchdrungen,

Woróber man die Bróh von alledem gekocht,
Was selbst die Hand gepflanzt, und was das Beet vermocht;
Als Lorbern, Timian, Wachholdern, Roímarien,
Lauch, Kimmel, Majoran, und Zwiebeln die nicht bliehen,
Und was der Garten sonst an Frucht und Beeren giebt.
Ein Kohl, den die Natur und nicht die Kunst geschiebt;
Ein Obst, das ebenfals nur die Natur getrieben,
Milch, Ey und Butterwerk, das rein und frisch geblieben;
Ein Kuchen, den das Weib weií, fett und locker buck,
Dieí war was man zu Tisch und auf die Tafel trug:
Damit erquickten sich die Grosen und die Kleinen.
So blieben sie gesund und stark an Fleisch und Beinen
So lebten sie vergnógt, und gaben zu verstehn,
Wie gerne sie den Flor der Kindes=Kinder sehn,
Daher sie solchen auch die Gelder nicht verpraíten.

Jezt aber, da die Welt mit Segel, Wind und Masten,
Aus dem vor kurzem erst entdeckten Theil der Welt,
Das was auch Africa und Ceilon in sich hδlt,
Was uns Levante zeigt, was Welschlands Boden trδget,
Was Ungarn, Spanien vor unsre Augen leget,
Mit stórmender Gefahr und Kosten hergebracht,
So wird der Alten Kost jezt spφttisch ausgelacht
Der Deutsche Trauben=Saft, der Wein von unsern Reben,
Wird selten beym Besuch und Gastmahl hergegeben.
Der ist zu schlecht darzu. Es lóstert Mund und Seel
Nach neuer Leckerey gleich wie dort Israel.
Ein neuer Tag muí auch ein neu Gericht ersinnen!
Um der Verschwendung nur das strδfliche Beginnen
Aufs strengste, uns zum Spott und Schaden, zu vollziehn.
Eh noch die Speisen reif, wenn sie noch wδírig grón,
und roh und sauer sind, so lóstert man nach diesen.
Da heists: Wenns andre schon auf ihrem Tisch geniessen,
So eckelt mir davor. Was theuer ist, schmeckt gut;
Was viele Thaler kost, das labet Zung und Blut.

Die alte Redlichkeit in Speisen und in Essen,
Bringt jetzt die Leckerey und Wollust ins vergessen.
Wie manche Hőrings=Milch (wer lacht jezt nicht mit mir)
Setzt man den Austern gleich in Auster=Schaalen fór,
Daſ man den Appetit der Lecker nur ergφtze,
Und ihren lóstern Mund in sósse Ruhe setze.
Sonst nahm der Kφchin Hand den Vogel=Mist heraus;
Jezt ist derselbige das beste auf den Schmauſ
Wornach man sehnlich greift. Man darf den Hottentotten,
Der Darm und Mist verzehrt, hinfóhro nicht mehr spotten;
Ihr machts mit Vφgeln so. Ja spricht die Weisheit jezt,
Der Vogel, welcher nur auf krőftgen Stauden sizt,
Ist ganz ein ander Ding; er friſt sonst nichts als Krőuter.
Gut! aber gehe doch nur wenig Schritte weiter
Da weidet eine Kuh, die gleichfals Krőuter friſt.
Warum gelóst dir dann nicht auch nach ihrem Mist?
(Doch dieses widmet man zum Schnupftoback der Schφnen,
Die sich denselbigen so eifrigst angewφhnen,
Als wőrs ihr Element.) Ein Hecht der Karpfen friſt,
Und dessen Aufenthalt ein klares Wasser ist,
Der scheint jezt nicht genug den Appetit zu stillen.
Die leckerhafte Welt, (sind das nicht nőrrsche Grillen?)
Ergφtzet sich an dem, was in den Sómpfen kriecht,
Und was beym ersten Blick schon eckelhaftig riecht.
Die Krφten welche sich mit Schild und Harnisch decken,
Und dem der sie erblickt, nicht wenig Graus erwecken;
Die Frφsche, die der Schlamm, Gestank, Pful und Morast
In seinem Inbegrief verschlieſt und in sich faſt,
Die groſ gebildet sind, und recht gefőhrlich sehen;
Die Schnecken, welche sich kaum auf der Erde drehen;
Das, was so unrein ist und so abscheulich sieht,
Und φfters Magen=Schmerz und Drócken nach sich zieht,
Das soll, man hφre doch, ich kφnnt es nicht errathen,
Viel delicater noch als guter Kőlber=Braten,
Als Tauben, Hecht und Hahn, und Rinder=Zungen seyn.

Wie enge schrenkt sich doch jetzt Witz und Klugheit ein.
Was wird die Leckerey noch weiter unterfangen?
Habt acht, ich warne euch ihr schnell und krummen
Schlangen,
Man stellt euch wórklich nach, und macht euch endlich ein,
Als soltens kφstliche und rare Bricken seyn.
Ihr Regen=Wórmer weicht, kriecht ja nicht aus der Erden,
Ihr móst sonst wórklich noch zu Wasser=Schmerlen
werden.
Ihr Ratten seht euch vor, versteckt euch in die Hφh,
Sonst macht man euren Leib zu einem Fricassee.
Ihr Fledermδuse fliegt, sonst steckt man euch ans Feuer.
Jezt hat man euch umsonst, man kauft euch doch wohl
theuer,
Man sucht euch wohl alsdann mit vieler Móh zu Rom,
So wie den Regen=Schmerl im schnellen Tieber=Strohm.
Ja Maden, welche auch aus alten Kδsen sprudeln,
Die werden endlich noch zu Moschcowitschen Nudeln.

Zur Nahrung und zur Noth pflegt man den Leib jezt nicht,
Zum άberfluí sind jezt die Zungen abgericht.
Der Tisch kan oft die Last der Schósseln nicht ertragen;
Den Magen trachtet man mit Zungen=Lust zu plagen;
Nachdem man lang gespeiít und seinen Bauch gemδst,
Daí man kaum Ohdmen kan, und schwer und kδuchend
blδít,
So wird Levantens Frucht durch Asch und Staub verzehret,
Wodurch die Wollust schon viel Beutel ausgeleeret.
Der Leib hat bey dem Tisch des Tags nur einmal Ruh;
Man bringt den ganzen Tag mit Trink und Essen zu.
Wodurch man die Vernunft und Tugenden begrδbet,
Und mehr vor seinen Bauch als vor den Nδchsten lebet.

Ich widerspreche nicht, daí hier ein Graf und Fórst
Nach theurem Trauben=Blut, und raren Weine dórst;

Daí er mit fremder Kost die Tafel reich bedecket,
Und manche Kostbarkeit und niedlich Essen schmecket;
Wer nehrte sich wohl sonst; wo kðme sonst das Geld
Durch Handel und Gewerb und Nahrung in die Welt?
Ich tadle nicht, daí auch ein Reicher das geniesset,
Was in dem feinen Meer und fremden Strøhmen fliesset;
Daí er Italiens und Ungerns sósse Frucht
Von Reben oder Baum zu seiner Lust versucht;
Daí seine Zunge sich an diesen auch erquicket,
Was uns durch Wind und Mast Ost, West und Sóden
schicket:
Damit er der Natur auch ihre Schðtze sieht,
Wie krðftig dieses schmeckt, wie prðchtig jenes blóht,
Und weií, wie jedes pflegt geschickt gemacht zu werden.
Dieí aber widerspricht der Klugheit auf der Erden,
Wenn er sich dran gewøhnt, und seinen Mund nicht
zwingt,
Dieí ers aus Leckerey und ábermuth verschlingt.

Dieí kan die Tugend nicht, noch die Vernunft vertragen,
Daí Mðnner, welche sich durch Trug ans Bret geschlagen,
Die Fórsten ungetreu und Landes=Plager sind;
Daí Mðnner, welche sich durch Advocaten=Wind
Und rechtlichen Betrug ein Haufen Geld erlogen;
Daí Mðnner, die das Blut der Waysen ausgesogen,
Die Urtheil nur nach Gunst und Thalern abgefaít,
Und die Gerechtigkeit als einen Feind gehaít;
Daí Mðnner, die durch Pfand und Jódische Intressen
Des Tageløhners Brod, der Wittwen Scherf gefressen;
Daí Mðnner, die das Maas und Ehle und Gewicht
Und Waaren zum Betrug und Diebstahl eingericht,
Und sich mit Weib und Kind von dem Betrug ernehren,
Das speisen, was wohl oft die Grosen nicht verzehren;
Daí man die Tafel stets mit solchen Sachen fóllt,
Womit sich nur der Mund und Wollusts=Zunge stillt.

Daı́ sich ein Bórgermann gleich wie ein Groser speiset,
Dieı́ ist, was die Vernunft und Tugend Thorheit heiset.

Wie seufzt die Liebe doch! o! zφg ein reiches Weib,
Auch wohl ein stolzer Mann ein einzig Kleid vom Leib,
Ja einen Aufsatz nur, und deckte arme Seelen,
Die sich vor Kδlt und Frost, und Blφse trostloı́ quδlen;
Entzφg ein Leckermaul und ein Verschwender nur
Die Woche eine Kost von mancher Creatur;
Von seinem Uberfluı́ ein Glδı́gen aus dem Keller;
Von seiner Tafel Last den Uberrest vom Teller
Und gδbs dem Lazarus, der dort nach Brode schmacht,
Wie seelig hδtt er nicht die Wohlthat angebracht.
Wie herzlich wórden sich die armen Bróder freuen;
Was wórde nicht vor Heyl auf seinen Boden schneyen.

Ihr Eltern, die ihr stets nach Lecker=Speisen strebt,
Und alle Tag in Freud= und Zungen=Lósten lebt,
Ists mφglich, daı́ ihr ganz den Liebes=Trieb verfluchet,
Und eurer Kinder Noth durch eure Wollust suchet?
Wδr noch ein Fónkgen Feuer von Elterlicher Lieb'
In eurer Brust, ich weiı́, daı́ dieses unterblieb.
Ihr wórdet euer Gut nicht durch den Mund verzehren,
Daı́ euer Saame sich mit Ehren kφnte nehren,
Der sonst vor Glóck und Lob, wenn ihr dereinsten sterbt,
Der Unterdróckten Fluch, Schuld, Noth und Armuth erbt.
Ihr Eltern gehet hin, und lernet von den Raben,
Was sie vor Lieb' und Sorg vor ihre Jungen haben.

* * *

Da Gottes Allmachts=Hand, die Sonne, Tag und Zeit
Und diese Welt erschuf, und sie mit Seltenheit,
Mit Zierde, Glanz und Pracht und aller Schφnheit baute,
Und was er nur gemacht, mit viel Vergnógen schaute.
Beschloı́ er, daı́ der Mensch, sein δchtes Ebenbild

Mit viel und groser Macht und Herrlichkeit erfóllt,
Und mit besonderm Glanz gezieret solte werden.
Der Schœpffer machte ihn zum Herrn der ganzen Erden.
Er was sein herrlichstes und liebstes Augenmerk;
Drum hat er selbigen auch óber alle Werk
Die er so schœn gemacht, die er so hoch geschϭtzet,
Und aller Creatur zum Fórst und Herrn gesetzet.
So herrlich und so hoch sah GOtt den Menschen an;
Er sprach: Mach dir die Welt und Erde Unterthan;
Herrsch óber alles das, was auf der Erde lebet,
Was sich in Wassern regt, und unterm Himmel schwebet.

Allein! wo schlieϩt der Mensch des Geistes Augen auf?
Wenn hebt er wohl sein Licht zur Sternenburg hinauf,
Und denkt an seinen Glanz, Macht, Adel, Wórd und Ehre?
Daϩ er warhaftig auch ein Herr der Erde wϭre.
Wie schϭtzt er doch so schlecht die grœste Herrlichkeit?
Wie setzt er die Vernunft, den Adelstand beyseit,
Den ihm sein Schœpfer gab? der Mensch von grosen Gaben;
Der Mensch, den GOtt so hoch gesetzet und erhaben,
Der diese ganze Welt und Erd beherrschen soll,
Der ein Monarch will seyn, der ist so dum und toll,
Und stellt sich so herab, daϩ er vom Saft der Trauben,
Und Bier sich Geist und Witz, Verstand und Kraft lϭϩt
rauben.
Ey seht! der stolze Mensch legt Sclaven=Fesseln an,
Und wird dem Erd=Gewϭchs so schimpflich unterthan.
Der Mensch, die kleine Welt, O! solt er sich nicht schϭmen!
Lϭϩt sich von einer Frucht der Welt gefangen nehmen.

Der Seelen Wandelung, die so viel Streitens macht,
Da Zeno ihren Grund und Lehre vorgebracht,
Beweiset sich an dem, der sich zum Bacho wendet,
Und dem gefóllten Glaϩ Vernunft und Witz verpϭndet.
Wo in der Seele sonst Verstand und Tugend saϩ;

Und man die Handlung stets nach klugen Regeln maß;
Da wird der Seelen Thun durch Saufen umgekehret,
Das Gute abgeschaft, verworffen und verstöhret.
Die Klugheit blößt ihr Licht und ihre Strahlen ein;
Die Weisheit kan beym Trunk nicht mehr Regentin seyn.
Der Tugend=Fackel wird verlöscht und ausgebrennet,
Und was sich sonsten schön und nach dem Wohlstand
nennet,
Das findet durch den Trunk ein ganz gewisses Grab,
Die Thorheit giebt darbey den klugen Redner ab,
Und spricht: Der Tod wird sonst vor möchtig
ausgeschriehen,
Es muß auch in der That die Seel vom Leibe fliehen.
Allein die Lust zum Trank besitzet noch mehr Macht,
Durch diese wird so gar die Seele umgebracht.
Sie tödten selbt den Geist, Verstand und alle Sinnen.

Darius wach jezt auf! und höre das Beginnen
Der Knaben, die zur Wach bey deinem Throne stehn;
Wie jeder seinen Witz durch einen Spruch läßt sehn.
Mich deucht ich seh im Geist dein größtes König=Zimmer,
Mir ist als fünd ich dich in deinem Glanz und Schimmer,
Und deine Möchtigsten um deinen Purpur=Thron,
Wie da der Klugheit Kind, wie da der Weisheit Sohn,
Vom Wein und seiner Kraft so schöne Reden führet,
Daß man den klugen Geist aus seinen Worten spöhret.

Er hebt verwundernd an: Wie möchtig ist der Wein!
Denn er verföhret die, so ihm ergeben seyn.
Fürst, Freye, Weise, Knecht, die Armen und die Reichen
Macht er, daß sie durch ihn an Witz einander gleichen.
Er raubet den Verstand, bringt Widerwörtigkeit,
Macht fröhlich, aber so, daß man das Ziel beyseit
Und aus den Augen setzt, daß man sich nicht bezwinget,
Noch auf des Landes Wohl wie sichs geböhret, dringet!

Er macht durch Phantasie und Wahnwitz alle reich;
Es denkt der Unterthan, er sey dem Fórsten gleich;
Setzt dadurch Ehr und Furcht und Demuth auf die Seite,
Und spricht, wem lδcherts nicht? von groser Ehr und
Beute.
Hat denn der Trunk den Geist in vφlliger Gewalt,
So gilt kein Freundschafts=Band. Es heist: Du Hundsfott
halt!
Und zucke das Gewehr! Ist denn der Rausch vergangen,
So weiί man nicht, was man im Trunke angefangen.

Der Saal verliehrt sich mir; ich seh an dessen statt
Das Thier, das Bileam vordem geritten hat.
Es scheint, als kriegt es gar jezt seine Sprache wieder,
Und ruft den Menschen zu: Ihr singt mir tolle Lieder
Von meiner Einfalt vor. Doch kommt in meinen Stall,
Gebt nur ein wenig acht, ihr merket óberall
Daί ich an Klugheit euch bey Weitem óberstiegen,
Ich speise nicht mehr Heu, drum bleibt sehr vieles liegen,
Als nur mein Hunger braucht. Kein Wasser trink ich mehr,
Als biί mein Durst gelφscht. Ich wóst nicht wie mir wδr?
Solt ich, das dómmste Thier, den Magen óberladen,
Und mir an meiner Kraft und der Gesundheit schaden?
Ihr Menschen aber seyd viel δrger als das Vieh,
Weit dummer als wie ich. Ihr esst und trinket nie;
O! nein! ihr sauft und schwelgt, und hφrt nicht auf zu
fressen,
Biί die Vernunft versenkt, und alle Schaam vergessen,
Und ausgerottet ist, biί daί die Tugend stirbt,
Und jeder unter euch der Hφllen=Lohn erwirbt.

Ich habe ehedem in einem Buch gelesen,
Daί Circens Zauberstock, so krδftig sey gewesen,
Daί er Ulysses Volk in Thiers=Gestalt verkehrt.
Da mich nun jezt ein Schwein in meiner Rede stφhrt,

So glaub ich, dieſ gehört mit unter solchen Orden,
Die durch den Zauberstock zu Thieren sind geworden.
Ihr Menschen! hört doch zu, wie es so artig spricht:

Willkommen Bródergen! kennt ihr die Schwester nicht?
Willkommen Bródergen! nun ist mein Leid verschwunden,
Weil ich euch allesamt so glócklich wieder funden.
Auf! föllt der Sittenkunst zu Trutz die Gurgeln an,
Schwelgt, fresset, sauft und schluckt, so lang als einer kan,
Besudelt euren Leib, die Erde, Kleid und Kragen,
Und laſt euch wenns geschehn, aufs Streu im Stalle tragen;
Alsdann wird euer Nest gleich wie das Meine seyn,
Da werft euch mit mir um, und schlaft so wie ich ein.

O Mensch! verlangst du denn wie diese Sau zu stinken?
Wer klug ist, pfleget sich mit nichten voll zu trinken!
Er trinket vor den Durst zur Labung und zur Störk;
Die edle Nóchternheit ist stets sein Augenmerk.
Ein Kluger weiſ wie sehr er seinen Schöpfer krönket,
Wenn er zum áberfluſ die Zung und Lippen trönket;
Er weiſ wie sehr die Kraft der Seelen Schaden leidt;
Wie sehr er Gottes=Hauſ durch solche That entweyht;
Wie weit die Tugend flieht; wie weit der Wohlstand reiset;
Wie oft man nur zum Spott mit Fingern auf ihn weiset,
Und ihn veröchtlich hölt; daſ sein Gesundheits=Kahn
Auf dem Schlaraffen=Meer bald Schifbruch nehmen kan:
Deshalben will er nicht mit unterm Narren Haufen
Nach Lethens todten Pfuhl zu seiner Schande laufen.

Wir haltens insgesamt vor eine Landes=Noth,
Wenn uns ein feindlich Heer mit Schwerdt und Pulver
droht,
Und unsre Friedenstadt bemóht ist zu belagern,
Und durch die Kriegeskunst gedencket auszumagern,
Durch Kugeln, Blitz und Glut die Stadt verderben will.
Wie klöglich klingt nicht da das Sayt- und Singe-Spiel?

Man förchtet Schwerd und Feind, und schmiedt doch selbst die
Waffen,
Wodurch wir unsern Fall, Noth, Todt und Elend schaffen.
Die Liebe zu dem Trunck ist gar ein starcker Feind,
Ob er gleich ohn Geschótz und Schwerd und Bley erscheint.
Ein oft gefólltes Glaí mit Gerst= und Reben=Tropfen,
Ist schon genug bey uns, zum Kriege anzuklopfen:
Der Sieg ist auch gewií; Es nimt gar bald der Wein
Das Hauptwerck an dem Bau der Leibes=Festung ein.
Er hauset als ein Feind, und raubt und plóndert alles,
Was die Natur zur Wehr und Hindrung unsers Halles
Durch die Vernunft gesetzt. Da springet Thor und Thór,
Geist, Krðfte, Ehre, Glóck, das alles missen wir.
Die Thorheit kan darauf die Siegs=Trompete blasen,
Sie ruft: Die Tugend fiel alhier auf diesen Rasen.

Ich bin kein Prediger der vor die Seele schreibt,
Wo sie in solchem Fall, wenn sie verschwindet, bleibt.
Kan sie nach Salem wohl Elias Wagen tragen;
So wenig, als den Mann der im Duell erschlagen.
Ich rede nur wie tief, wie sehr ein trunckner Mann
In Schande, Hohn und Noth und Elend fallen kan.
Ward Loth nicht durch den Trunck ein Eydam seiner
Tφchter?
Ward Noah nicht dadurch den Sφhnen ein Gelðchter?
Ward Nabal nicht durch ihn des Lebens=Lichts beraubt?
Verlohr nicht Holofern dadurch sein Helden=Haupt?
So schðndlich starb ein Held der Volck und Land
bezwungen.
O! wie verderbet euch die kleine Lust der Zungen!
Ein Kluger wundert sich, wie solches mφglich ist,
Daí sich ein Glðser=Freund so liederlich vergiít,
Vernunft, Verstand und Witz und Wohlstand nicht
bedencket,

Und diſ zum Opferdienst dem stummen Bacho schencket.

Die Menschheit ſusert sich durch Sprache und Verstand,
Wo wird diſ beydes wohl am Trunckenbolt erkannt?
Verstand und Geist ist hin, er weiſ nicht was er sinnet,
Noch was er unternimmt und in der That beginnet.
Die Sprache wird gehemmt; es will kein reines Wort,
Noch Gruſ, noch Redensart von Zung und Lippen fort.

Die Regel ist uns ja in Hirn und Brust geschrieben,
Wir sollen unser Wohl und uns vornemlich lieben.
Wir sollen allemahl der nδchste Freund uns seyn.
Wo aber stimmet das mit Trunck(n)en óberein?
Ein Trunckner liebt sich nicht, er wird sich selbst zum Feinde,
Denn er verrδth sein Herz dem Feinde und dem Freunde.
Er ist als wie ein Faſ das voll, und óbergeht,
Und von sich stφſt und wirft, was vor dem Spunde steht.
Das Gute welches ihm zu Amt und Glócke dienet,
Wodurch sonst seine Lust und auch ein Wohlstand grónet,
Das stφſt er durch den Trunck zu seinem Munde aus,
Und bringt sich um sein Glóck, ja gar um Hof und Haus.
Ein andrer wendet das, was er im Trunk verrathen
Zu seinem Nutzen an, und fφrdert seine Thaten.
Ein Trunkner schweigt so gar von seinen Fehlern nicht,
Es wird ihm durch ihm selbst ein Schand=Maal aufgericht.
Er stórzt sich wohl darzu, durch trunknene Geschwδtze
In Unglóck und Gefahr; es straft ihn das Gesetze.
Ein Freund des Trunks kan nie ein Freund des Nδchsten seyn.
Man lδsset sich mit ihm in keine Freundschaft ein:
Denn er verrδth den Freund, und schwazt von seinem Handel,
Von seiner Eigenschaft, Gesprδch und Lebens=Wandel.
Ein Trunkner wird zum Spott, zum Kinder=Spott gemacht,

114

Wie hφhnisch wird er nicht von allen ausgelacht?
Er lacht, wenn andere bey seinen Affen=Sachen
Und Kindervollem Spiel ein laut Gelꝺchter machen.
Er merkt nicht, wenn man gleich sein laut Geschwꝺtze
hφhnt,
Und jauchzet wenn man ihn mit Haasen=Pappeln krφnt.
Zwey Stieber hꝺlt er oft vor zꝺrtliche Caressen,
Die eine schφne Hand ihm gꝺtig zugemessen.

Ein Trunkner glaubt === jedoch ich werff die Feder hin,
Weil ich nicht in Pariſ noch Hollands Fluren bin,
Wo man die Laster darf bey ihren Namen nennen.
Ich putze nicht das Licht, ich mφcht mich sonst
verbrennen.

(a) Magnus.

(b) Da der grose Alexander bey seinen Feldzógen
unbekanter Weise auf ein Rathhaus zu forschen gieng,
hφrte er, daſ zu dem Richter ein Mann sagte: Ich habe einen
Keller wollen graben, und da habe ich einen Schatz
gefunden, welcher aber nicht mir, sondern dem Manne
gehφrt, von dem ich das Haus gekauft, ich bitte also ihn zu
nφthigen, daſ er sein Geld annehme. Der andere sprach: der
Schatz ist niemahls meiner gewesen, denn die Stꝺtte darauf
ich das verkaufte Haus gebaut, war ein freyer Platz, darauf
jeder bauen konte. Endlich sind diese Mꝺnner eins worden
dem Richter den Schatz zu geben. Der Richter wendet aber
dargegen ein: Ihr bekennt Beyde, daſ der Schatz nicht eure
sey, da er da in euren Hꝺusern gefunden worden ist: unter
was Vorschein solt ich ihn denn annehmen, da ich hier
fremd bin? Davor behóten mich die Gφtter, daſ ich mich
nicht fremdes Gutes anmasse! Ihr schiebet die ganze Sache
meinem Amte und Gewissen heim. Wohlan, so will ich

einen Rath finden. Habe darauf den einen gefragt: ob er
einen Sohn habe, der denn mit Ja antwortet: Ob auch der
andere eine Tochter habe? Und da dieser gleichfals Ja sagt:
Habe der Richter den Ausspruch gethan, daſ diese einander
heyrathen sollen, und er wolle ihnen den gefundenen
Schatz zum Braut=Schatze mitgeben. Da Alexander ober
diese kluge Gerechtigkeit erstaunet, hat der Richter gesagt:
Ist es auch mφglich, daſ Leute gefunden werden die anders
thun? Und auf des Alexanders Ja! setzt er noch dieses zu:
Ob an solchen Oertern, wo sie nicht also richteten, die
Gφtter auch Regen fallen liesen, und ob die Sonne alda auch
ihre Strahlen gδbe?

(c) Cambyses lieſ einem Richter der sich bestechen lassen,
und daher ein ungerechtes Urtheil abgefasset hatte, die Haut
vom Leibe ziehen, dieselbe mit Nδgeln an den Richterstuhl
zum ewigen Spectacul fest anschlagen und damit
bedecken, auch den Sohn an dessen Stelle zum Richter
setzen.

(d) Gleichwie Galeacius Herzog von Meyland gethan,
welcher einen Advocaten, der die Processe boſhafter Weise so
lange triebe und aufhielte, lieſ an Galgen hengen und dann
in Stφcke zerreisen.

(e) Rφmischer Kayser, welcher davor hielte, daſ es bey
Austheilung der Geschenke, und Belohnung treuer Dienste
nur aufs Glφck ankδme.

(f) Velibegus und Arsambegus zwei Tφrkische Obristen
hatten ein Duel miteinander, da der letztere den
erstbenannten rφckwδrts hinterlistiger Weise
verwundete/worauf die Sache nach Constantinopel
gekommen, und Velilebus citirt und befragt werde. Unter
andern sagte dieser folgende Worte: Mein Gegenpart hat
mich hinterlistig angegriffen/hδtte er/als einem Cavallier

gebóhrt, sich ritterlich erzeigen wollen, so hőtte er nur sollen erscheinen, als welchen ich oftmals zu einem Duell heraus gefordert. Worauf die anwesenden Bassen zornig worden, und gesprochen: Was hast du dich mit deinem Spieſ=Gesellen rauffen wollen? Sind denn keine Christen mehr in der Welt, an denen du deine Mannheit hőttest erweisen kφnnen? Ihr esset beyde unsers Kaysers Brod, und habt euch miteinander schlagen wollen? Aus was Recht und Fug hast du das in Sinn genommen? Und wo hast du dergleichen Exempel jemahl unter uns gehabt? Hast du nicht denken sollen, wer unter euch beyden gefallen und umkommen wőre, der wőre mit Schaden unsers Kaysers gefallen und umkommen. Worauf er auch in das Gefőngniſ geworfen worden.

(g) Magnus

(h) Fabius, Rφmischer Bórgermeister gab ein Gesetz, daſ keiner auf einem Banquet mehr verzehren dórfte als dreysig Sestertios, so viel als ohngefehr zwφlf Thaler. Messinius verordnete: daſ kein Fremder Wein dorfte eingelegt werden. Emilius gebot den Rφmern nicht mehr als fónf Gerichte zu speisen. Antio befahl, das Koch=Handwerk nicht vielen lernen zu lassen, denn er hielt dafór, daſ, wo viele Kφche wőren, die Leute nur arm, der Leib ungesund, die Seele aber und das Gemóthe beflecket wórden. Julius Cősar brachte auf, daſ niemand mit zugeschlossener Thór essen durfte, damit die Censores sehen kφnten, ob jemand im Essen óberfluſ brauchte. Aristimius schrieb vor, daſ man zwar des Mittags jemand mφchte zu Gaste haben, aber nicht lőnger als biſ gegen den Abend behalten.

www.ingramcontent.com/pod-product-compliance
Lightning Source LLC
Chambersburg PA
CBHW022342020726
47500CB00004B/1234